红尘拂面，寒暑来去

所有的翅膀都渴望着飞翔

迟子建———

著

候鸟的勇敢

HOUNIAO
DE YONGGAN

人民文学出版社

图书在版编目（CIP）数据

候鸟的勇敢/迟子建著. —北京：人民文学出版社，2018
ISBN 978-7-02-013947-7

Ⅰ.①候… Ⅱ.①迟… Ⅲ.①中篇小说—中国—当代 Ⅳ.①I247.5

中国版本图书馆 CIP 数据核字（2018）第 043998 号

责任编辑　赵　萍
装帧设计　刘　静
责任校对　杨益民
责任印制　苏文强

出版发行　人民文学出版社
社　　址　北京市朝内大街 166 号
邮政编码　100705
网　　址　http://www.rw-cn.com

印　　刷　北京中科印刷有限公司
经　　销　全国新华书店等

字　　数　100 千字
开　　本　880 毫米×1230 毫米　1/32
印　　张　6.375　插页 1
印　　数　1—60000
版　　次　2018 年 5 月北京第 1 版
印　　次　2018 年 5 月第 1 次印刷

书　　号　978-7-02-013947-7
定　　价　39.00 元

如有印装质量问题，请与本社图书销售中心调换。电话：010-65233595

1

　　早来的春风最想征服的，不是北方大地还未绿的树，而是冰河。那一条条被冰雪封了一冬的河流的嘴，是它最想亲吻的。但要让它们吐出爱的心语，谈何容易。然而春风是勇敢的，专情的，它用温热的唇，深情而热烈地吻下去，就这样一天两天，三天四天，心无旁骛，昼夜不息。七八天后，极北的金瓮河，终于被这烈焰红唇点燃，孤傲的冰美人脱下冰雪的衣冠，敞开心扉，接纳了这久违的吻。

　　连日几个零上十三四摄氏度的好天气，让金瓮河比往年早开河了一周。所以清明过后，看见暖阳高照，金瓮河候鸟自然管护站的张黑脸，便开始打点行装，准备去工作了。而他的女儿张阔，巴不得他早日离家。她怕父亲像往年一样，十天半月地回城剃头，又会神不知鬼不觉地现身家里，带来意想不到的尴尬和麻烦，所以特意买了一套剃头工具，告诉他可以让管护站的周铁牙帮他剃头。

"剃头得去剃头铺，周铁牙又不是剃头的。"张黑脸拒绝把剃头用具放入行囊。

"那就让娘娘庙的尼姑帮你剃，反正她们长出头发也得剃，又不差你这颗头！"张阔说。

张黑脸把手指竖在嘴上，轻轻嘘了一声，对女儿说："轻点，让娘娘庙的听见，可了不得。"

张阔撇着嘴，腮边的肉跟着向两边扩张，脸显得更肥了，她说："隔着一百多公里呢，她们要是听得见，阎王爷都能从地下蹦出来，上马路指挥交通了！"

"嘀，哪朝哪代的尼姑给酒肉男人剃过头？那不是肮脏了她们吗，使不得。"张黑脸咳嗽一声，把剃头工具当危险品推开。

张阔急了，她喊来七岁的儿子特特，让他背朝自己，给父亲演示如何剪头。剃头推子像割麦机似的，在特特头上"咔哒——咔哒——"走过，特特的头发，便秋叶似的簌簌而落，她一边剪一边高声说："瞧瞧呀老爹，就这么简单，傻子都会用！周铁牙和尼姑不能帮你的话，你对着镜子，自己都能剃！"

张阔没给特特罩上理发用的围布，剪落的头发楂儿落入他脖颈，扎得慌，他就像被冰雹拍打的鸡鸭，缩膀缩脖的。他不想受这折磨，抖掉发屑，溜出门外。太阳正好，泥泞的园田中落了几只叽叽喳喳的麻雀，正啄食着什么。特特觉得它们入侵了家里鸡鸭的领地，十足的小偷。反正爱鸟的姥爷在屋里与母亲说话，目光没放在他身上，特特便捡起房山头的两块石子，撒向它们，教训这群会飞的家伙。受惊的麻雀噗噜噜地飞起，像一带泥点，溅向那海蓝衬衫似的晴空。

张阔见父亲不肯带剃头用具，不再强求。自打十一年前他被老虎吓呆后，脑子就与以前不一样了。他感知自然的本能提高了，能奇妙地预知风雪雷电甚至洪水和旱灾的发生，但对世俗生活的感受和判断力，却直线下降，灵光不再。父亲以前性格开朗，桀骜不驯，而现在话语极少，呆板木讷，似乎谁都可对他发号施令。像今天这样能与女儿争执几句，在他来说已属罕见。

张黑脸带的东西，是换洗衣物，狍皮褥子，锅碗瓢盆，洗漱用具，常用药品，蜡烛火柴，各色菜籽，手电筒，望远镜，刮胡刀，雨衣，蚊帐，烟斗，军棋，渔具等往年用的东西。张阔发现父亲没带黄烟叶，就说："带了烟斗不带烟叶，你吸什么？西北风吗？"

张黑脸有些慌张地说："可不是，我咋忘了烟斗的口粮呢。"

张阔灵机一动，对父亲说："老爹啊，其实你不带剃头推子也行。现在男人都爱留长发，有派头！这两年来咱这里的游人，我没见一个男人是秃瓢，他们的头发大都到耳朵边，有的留得更长，还有扎成马尾辫的，看着可潇洒呢。"

张黑脸一边用旧报纸包裹黄烟叶，一边"哦"着，似在答应。

张阔备受鼓舞，说："老爹要是能把头发一直留到秋天，一定比电视里那些武林大侠还帅！"

张黑脸"嘿嘿"笑了两声。

张阔凑近父亲，推进一步说："到时好莱坞电影明星也比不上你！"

女儿这一凑近，张黑脸闻到她身上一股达子香的气味，他抽了抽鼻子，嘀咕道："你上山采花了？"

没等女儿解释，电话响了，张阔忙着接听，是周铁牙打来的，他说："告诉你那呆子老爹，今年开河早，让他赶紧收拾收拾东西，明天一早我开车接他，去管护站了！"

"他都收拾好了，现在走都没问题！"张阔说。

周铁牙说："给他多带几包卫生纸，这呆子不舍得用纸，老用树叶和野草擦屁股，也弄不干净，跟他在一个屋檐下，就像住在茅房里！"

"管护站又不是没钱，您也不能抠门到连几卷卫生纸都不给买吧？才几吊钱啊。"张阔毫不客气地说。

周铁牙说："那钱都是给候鸟买粮用的，谁敢乱花？"

张阔嘻嘻笑了，说："周叔，谁不知道您当了管护站站长后，烟酒的牌子都上了一个档次？您捏脚的地方，也不是街边小店的了，是大酒楼的豪华包间了！"

"谁他妈背后瞎传的？"周铁牙不耐烦地说，"我得修修车去，不跟你啰嗦了。你要是不给你爹带卫生纸也行，让他今年在家待着吧。反正这城里闲人多，找个喂鸟的还难么！"

"老爹爱鸟，咱这半个城的人都知道吧？您想找比老爹呆的，听话的，懂行又敬业的，好找吗?"张阔带着威胁的口吻说，"站长呀，这几年里，您偷着从管护站带出来的野鸭子，卖给了哪家酒楼和饭庄，我都知道，虽说您有后台，但这事要是被捅出去，您这候鸟管护站成了候鸟屠宰场，滥杀野生动物，都够坐牢的啦!"

周铁牙在电话那头恨得直咬牙，说："谁他妈这么栽赃我? 老子还要告他诬陷罪呢。候鸟那都是我的亲爹娘，我恭敬还来不及呢。我带回的野鸭，都是病死的，有林业部门证明的。不就几包卫生纸吗，瞧您当闺女的这个小气，不用你买了，我给你老爹备足了，够他擦三辈子屁股的!"

"周叔，这就对了么。"张阔眯着眼乐了。

张黑脸把黄烟叶捆好后，想着烟斗对应的是黄烟叶，自己都给落下了，别再忘带啥东西，所以他在打点的物品中，一样样地找对应点，他自言自语道："锅碗盛的该是米面油盐，哦，这个归周铁牙置备;钓鱼得有鱼饵，管护站那儿的曲蛇多，一锹挖下去，总得有一两条吧，不愁;雨衣和蚊帐是盾牌，要抵御大雨和蚊子这些长矛的，现在花儿还没开，不急呢——"他的话说得有条理，又有兴味，把女儿逗乐了，她放下电话对父亲说:"刚才来电话的是周铁牙,他让你准备好东西,明早接你去管护站了!"

张黑脸说:"这么说他也听见候鸟的叫声啦?"

张阔没有好气地说:"他哪像你,把长翅膀的,都当成了祖宗,他是听见银子的叫声了!"

金瓮河候鸟自然管护站的管理方是瓦城营林局,按照规定,只要开河了,候鸟归来,自他们进驻管护站那天起,就会下拨第一个季度的管护经费,周铁牙瘪了一冬的腰包,又会像金鱼的眼睛鼓起来了!

2

张黑脸和周铁牙到达管护站时，金瓮河的波光中，已有飞回的夏候鸟游动了。周铁牙下了车，先奔向木房子，看看一冬过后，有没有野生动物闯入，房屋是否有损毁而需修葺之处。张黑脸则张开双臂，以拥抱的姿态，扑向河边。他沿着开河的那段顺流而下，走了一百多米，终于看清了最早回家的，是六只绿头鸭，两雄四雌。绿头鸭的雄鸭比雌鸭要漂亮多了，它不唯个头大，嘴巴是明亮的鹅黄色，而且脖颈是翠绿的，有一圈雪白的颈环，好像披着一条镶嵌着银环的软缎绿围巾，雍容华贵。雌鸭就逊色多了，它们是黑嘴巴不说，羽毛也不艳丽，主体颜色是黑，是褐，是白；羽翼点缀少许蓝紫斑纹，给人萧瑟之感。张黑脸心想，这正是鸟儿求偶的时节，两雄四雌，说明雄的选择余地比较大，难怪它们骄傲地迎着朝阳，游在前面呢。

然而现实画面，很快发生了改变，从空中又飞来几只野鸭，落在河面上，它们中绿脖颈的居多——真是雌雄无定，瞬息变幻啊。新飞来的一只雌鸭，大概与先前的一只雄鸭已私定终身，它的翅膀一触着水面，游在最前头的雄鸭，猛地调转头来，激动地飞向它。它们展开羽翼，互打招呼，缠脖绕颈，耳鬓厮磨，似在诉说无尽的相思，看得张黑脸耳热心跳的，手臂也跟着一扇一扇的，似在起舞。

这时周铁牙气咻咻地扛着一把铁锹，来到河边，他对着与野鸭共舞的张黑脸说："我说傻伙计，先别管鸟了，河里有它们爱吃的淤泥和小鱼，人家守着大粮仓，也不用支锅灶，啥时都能开饭。咱俩儿要想中午不饿肚子，得赶快搭灶。他娘的也不知是野猫还是黄皮子进去了，愣把咱的灶台给弄塌了！你赶快挖点河泥，从房山头搬几块红砖，把灶修起来！"

"咋会这样——"张黑脸看着周铁牙说，"咱秋后走时，不是特意在门外给野物留了几块猪皮，让它们过年打牙祭的么。"

"你这一说我明白了，肯定是那几块猪皮惹的祸！人家没吃够，就蹿进房子找，咱在屋里没留别的东西，它们啥也没翻到，贼不走空，野物也是一样的，就故意弄坏咱的灶台，带块碎砖头走，心里也是解气的！"周铁牙恨恨地骂着，把铁锹撇给张黑脸，然后热辣辣地看着河面的野鸭，吧唧一下嘴，说："妈的，个个肥呀，这一路飞回来，也没累着它们。"

金瓮河候鸟自然管护站，设在中游，是一幢平层的木刻楞房子，与金瓮河一样东西走向，近两百平米。它有三间住屋，一间粮仓，一个储物间，一个灶房。灶房进门就是，因为张黑脸和周铁牙个头都高，所以灶垒得也高，这样做饭时不会因过于低头而累着腰。但这也带来了一个问题，就是费柴火。有时一锅野菜饺子下锅了，可是火却上不来，饺子就煮成片汤了。张黑脸想趁此把灶台弄矮，这样省了烧的不说，火舌吐出，刚好舔着锅底，饭也好做。可周铁牙不同意，他说："山里又不愁烧的，灶大，说明咱管护站的人肚量大，多吃点柴火算啥，灶台跟人一样，能吃说明身体健壮；再说灶高运旺，不走霉运，还不用低头哈腰的，谁做饭一副孙子相啊！"

张黑脸点了点头，他听站长的。

一冬未住人，木房子又冷又潮，还有股难闻的气味，好像什么东西发霉了。不过只要灶火一起，可以带动两面住屋的火墙热起来，屋子一暖，潮气冷气也就散了。而再刺鼻的气味，只要门窗大开，阳光和暖风一进来，就会充当清新剂，把坏气味给驱赶了。

张黑脸修灶时，从灶坑的黑灰中，看见了动物留下的爪印，是人掌似的五指爪印，便明白这是黄皮子干的事儿了。去年他们养了几只鸡，黄皮子大清早的就敢偷鸡来吃，惹恼了周铁牙，他做了个大号捕鼠夹，放在鸡窝旁，拍死一只。都说黄皮子的肉不能吃，骚性，但周铁牙不信邪，他剥了它的皮（说要卖给皮货商做毛笔用），然后给它油红的尸体抹上盐，用一根桦树枝，从头到脚地将其穿透，放进灶坑火烤，美美地吃了一顿。张黑脸喜欢黄皮子黑亮的眼珠，也知道黄皮子报复心理强，所以没碰它的肉。当时周铁牙还嘲笑他，说他真是个没胆儿的男人，连黄皮子都不敢吃。

张黑脸怕他修好灶台后，黄皮子还会来搞破坏，所以他一边给红砖抹泥，一边低声念叨："黄大仙，菩萨心，别再怪罪了，以后有了好吃的，咱不忘了孝敬您。"

周铁牙所住的东南间，是三间住屋最大的，二十多平米，屋里有一铺能睡三人的炕，一个带镜子的衣柜，一张八仙桌和两把圈椅。张黑脸修灶的时候，他就收拾自己的屋。他先将带来的行李打开，放在炕上，然后把衣服往柜子里搁。他拉开衣柜门时，发现柜底有只死鼠，心想难怪屋子有股难闻的气味呢。他怕沾手晦气，就唤张黑脸把它清理出去。

张黑脸答应着，放下手中的活儿，用一块引火的桦树皮，做老鼠的裹尸布，将其拾起。周铁牙嘱咐他远点扔，扔近处的话，再招来乌鸦，听它呀呀地叫，叫人心烦。

已是上午十点多了，太阳正好。飘荡的阳光宛若五彩丝线，开始给大地改换颜色了。它最钟情的色调是绿，当草和树叶变绿后，阳光才在绿色基调上，吹开野花的心扉。这里最早开的是河畔草滩上的耗子尾巴花，之后就是林子里满山满坡的达子香了。张黑脸闻到空气中有股淡淡的草香，知道小草发芽了。山林从一个黄脸婆，要蜕变成俊俏的姑娘了！

张黑脸捏着死鼠，走了半里路，才处理掉它。他向回走时，听见一阵"笃——笃笃——"的声响，循声望去，见一只白色斑纹的啄木鸟，像林中侦探，正用铁锚似的灰爪，钳着一棵碗口粗的松树，那尖利的嘴跟掘土机似的，发掘着树皮下的虫子。张黑脸心想我们的灶还没修好，你们却吃上了，真是羡煞人也。鸟儿吃饭，全凭运气，啥时有食儿，啥时就是饭点。

这只啄木鸟白肚皮，屁股有一抹鲜艳的红色，但枕部黯淡，没有红色点缀，说明是只雌鸟。它喜欢把蛋产在树洞里，那些不会爬树的走兽，休想伤及它的宝贝。但对于善爬的黑熊来说，啄木鸟无疑是在树洞里，给它们预备下了春天的小点心。

啄木鸟吃了虫子，飞向另一棵树了。它飞起的时刻，张黑脸心跳加快，他太喜欢看鸟儿张开的翅膀了，每个翅膀都是一朵怒放的花儿！啄木鸟黑白纹交错的羽翼，在展开的一瞬，就像拖着一条星河。它很快在另一棵松树上站住脚，不过这棵树不待见它，它啄了十几下，一无所获，又飞走了。这次它飞得远，脱离了张黑脸的视野。

张黑脸知道，去南方过冬的鸟儿陆续归来后，像飞龙、野鸡和啄木鸟这种不迁徙的留鸟，要与候鸟争食了。他觉得这对熬了一冬的留鸟来说，有点不公平，所以他通常给候鸟投谷物时，不忘了在留鸟出没之地，也撒上一些。

张黑脸回到木屋，修好灶，把各屋又彻底打扫了一遍，然后和周铁牙一起，将货箱式小货车上载来的东西搬下来，该放哪屋就放哪屋，一切打理完毕，已是中午了，他的肚子咕咕叫了，周铁牙也饿了，他吩咐张黑脸赶紧点火，削两个土豆，拨拉点面穗，做锅土豆条疙瘩汤。张黑脸答应着，把枝丫填进灶坑，当他拿起桦树皮要点火的时候，忽然想这刚修好的灶台，泥巴未干，火燃起来，会将它烧裂的。要是灶台裂了，冒烟，还得重修，于是他跟周铁牙说："不是带了烤饼和罐头吗？吃那个吧。晾它一天，等灶台干透了再烧火。"

周铁牙说："罐头先留着，又坏不了。猫啊鼠啊的蹿进来，纵使有铁齿钢牙，馋得它们满嘴淌哈喇子，也启不开。咱中午吃个烤饼垫补垫补吧。"

张黑脸说："那还不如到娘娘庙吃斋去。"

周铁牙"嘀——"了一声，龇牙咧嘴地说："你是想德秀师父了吧？"

张黑脸说："我是想给她们送点雪里蕻，让她们炖豆腐吃。"

"刚回来就想看她们，还送腌菜，娘娘庙的人可真有福气！"周铁牙说。

"在夜里不用点灯的人，了不得哇。"张黑脸感叹着。

周铁牙一愣，他发觉今春回到管护区的张黑脸，与往年似有不同，有自己的主见了。他想万一张黑脸的脑子跟万物一起复苏，精灵起来，他将想方设法开掉他，因为他要的是没脑子的人。

3 ——

　　从管护站去娘娘庙，要经过一座木桥。它百米长，弓形，像一弯月牙，镶嵌在金瓮河上，人们便叫它月牙桥。过了河，再翻过一座平缓低矮的小山，就望见娘娘庙的山门了。也就是说，娘娘庙和管护站，在金瓮河的一左一右。娘娘庙在北侧，管护站在南侧。由于小山的阻挡，它们相距不远，却无法相望。但他们是相知的，望得见彼此的炊烟。管护站的人知道娘娘庙的尼姑在夏天喜欢几点吃斋，娘娘庙的尼姑，也知道管护站的人，爱在什么时辰做晚饭。但炊烟也会隐遁，比如雾大的时候，烟与雾融为四海一家的兄弟，你就是有千里眼，也辨不出炊烟的痕迹；比如白云飞得低的时候，它一出烟囱就被云给卷走了；再比如风大的时候，炊烟会倒灌回烟道。所以这样的时刻，张黑脸是不看娘娘庙的炊烟的，因为他曾上过白云的当。有天早晨，他没看见娘娘庙的炊烟，以为出了事情，也没跟周铁牙说，赶紧过桥翻山去看。到了近前，白云散了，他见炊烟悠然升腾着。正当他要掉头回返的时候，又一片白云低低掠过，炊烟又消失了，他这才明白它是被白云裹挟了。

候鸟更多地栖息于管护站这边的灌木丛，以及河畔的广阔湿地。娘娘庙地势高些，候鸟去不去呢？也去的。有一年白腰雨燕还在娘娘庙的前殿，做了个窝。结果它孵出小燕后，做母亲的却失踪了，巢里的小燕饿得直叫，德秀师父赶忙过来求助张黑脸，问这些小燕该咋办？吃些啥好？张黑脸说："吃啥好？虫啊鱼啊，最对它们的胃口啦。"德秀师父说出家人不杀生，虫和鱼她们是不碰的。这样张黑脸就一早一晚地捉了虫子和小鱼，去娘娘庙喂它们。他本来要把巢穴搬到管护站的，又怕小雨燕的母亲回来寻子不得，会急坏的。但直到小雨燕会飞了，能自己找吃的了，它们的母亲也没见回来。张黑脸想它可能是在给孩子们觅食时，遭到了天敌的袭击，比如凶猛的雕。到了秋天，翅膀硬了的雨燕，飞向南方了。张黑脸特别担心它们没有母亲的引导，初次迁徙，会不会在途中迷路。这两年他也养成了习惯，只要发现白腰雨燕的身影，他就要停下来仔细瞧瞧，是不是他喂养过的呢？雨燕一旦冲他抖翅膀，打转，鸣叫，或是遗落下一片羽毛，他都激动万分，以为是在和他这个老熟人打招呼。

像以往一样，周铁牙背着手走在前面，张黑脸提着腌菜和周铁牙的茶杯，走在后面。两人个子高，步幅大，很快过了桥，越过山。以往只要周铁牙咳嗽一声，张黑脸就得快走两步，赶到他前面，递上茶杯。这回因为没生火，张黑脸提的茶杯是空的，周铁牙这一路，也就没咳嗽，他想着在娘娘庙讨热茶喝，然后再灌上一杯。

张黑脸走在后面时，得留神别踩着周铁牙的影子，周铁牙忌讳，说影子是人的魂儿。张黑脸一琢磨，心想是啊。因为人停尸时，还能借着太阳或是灯火，透出活生生的影子，可人却是再不能说话的了。张黑脸还搞不懂影子为啥左右不定的，上午在西边，下午就跑到了东边。有时影子比自身要长两三倍，有时却短得没自己一条胳膊长。看来太阳是很会捉弄人的。所以他跟周铁牙一起走，喜欢阴天的时候。没有太阳的日子，大地上就看不到什么影子了。他曾想试试踩了自己的影子后，会像周铁牙说的那样，有倒霉事吗？可他几经尝试，无论是阳光下还是月光下，他投映到大地的影子，自己总是踩不着。他问周铁牙这是为啥？周铁牙大笑着说："为啥？因为你的魂比你死得早。"这句话他想得脑瓜都疼了，也没弄懂。但凡管护站来了人，周铁牙介绍张黑脸的时候，都会把此事当成一个节目来渲染，说："他最爱琢磨，一个人为啥不能踩着自己的影子。你们说说看，狐狸就是再能耐，能叼着自己的尾巴吗？"听者无不开怀大笑。

娘娘庙其实是瓦城人对它的俗称，这座尼姑庵是有名字的——松雪庵。只因里面住的是尼姑，后殿又供奉着送子娘娘，所以人们都叫它娘娘庙。

娘娘庙依山而建，坐北向南，砖木结构，灰瓦黄墙，殿堂不高，面积也不大，每座殿只有六七十平米，敦厚朴实，更像一个大户人家的四合院。它有三重殿，加上山门、禅堂、斋堂、寝堂和法物流通处，共八间屋。从山门到后殿，建有一人高的院墙，将松雪庵围起来。因为院墙涂成明黄色，好像给它围了一条炫目的长围巾。庵里的门窗和梁柱，都是樟子松木的，透出松脂的气味。所以即便不点香，这里也始终洋溢着香气。而松雪庵的布局，与大多寺庙也有不同。庵里供奉的菩萨，是瓦城宗教局依据当地老百姓的喜好而设置的。

松雪庵山门的门柱，由整根的樟子松木做成，未做雕饰。山门匾额上印着三个鎏金大字"松雪庵"，门柱悬挂一副木质对联：朝霞披袈裟，溪流送禅杖，是松雪庵的住持慧雪法师题写的。进得山门，沿着一条短短的水泥甬道向上，是前殿弥勒殿。笑容可掬的大肚弥勒佛端坐殿中，左右护持的是四大天王。出弥勒殿，经过一个放生池，便是中殿大雄宝殿，这里供奉的是释迦牟尼佛、药师佛和文殊菩萨。因为是正殿，它是三座殿中举架最高的，殿前殿后设有青铜香炉。出中殿行二十米，经过两块菜地，便是后殿，也就是三圣殿。那里供奉的是西方三圣，阿弥陀佛头戴宝冠居于正中，右位大势至菩萨，左位就是当地信众喜爱的——观世音菩萨化身的送子娘娘了。送子娘娘前的蒲团，磨损最厉害，包裹着蒲草的黄色绒布，被香客们跪出裂缝，透出蒲草的本色，好像有天光从中溢出。

松雪庵的菩萨造像，均为泥塑彩绘，形象生动朴拙，色彩艳而不俗，给人亲切之感。香客们来松雪庵，在前殿的弥勒佛和四大天王前祈求快乐平安；在中殿的药师佛前祈求身体安泰、百病不染，在文殊菩萨前祈求金榜题名，在释迦牟尼佛前求官、求财、求寿；在后殿的送子娘娘前祈求子孙兴旺。总之，人们求的大都是世俗生活的阳光雨露。有没有人为尘世的自己和已故亲人求清净和超脱呢？极少。所以娘娘庙每年中元节为往生者办的超度法会，都很冷清。

在前殿与中殿之间，两侧偏殿是法物流通处和禅堂，在中殿和后殿之间，相对应的左右偏殿，是寝堂和斋堂。除了两片菜地，寝堂和斋堂后面的围墙前，还有两处柴垛。堂前屋后，遍种花木，它们都移植自山上，像大雄宝殿前的樟子松、榆树、野百合和达子香，后殿环绕的白桦树，以及山门前的鱼鳞松。两片菜地的边角，也有杂花点缀，好像给菜地镶嵌了花边。这些花儿不是移植的，而是庵里的师父在种菜的时候，随意撒下的花籽，虞美人，孔雀草，扫帚梅，手绢花等，哪种花出苗多，开得旺，就看它们的造化了，所以每年开在菜地的花儿，色彩都有变化。

松雪庵常住的尼姑有三位，她们的法名是慧雪、云果和德秀。因为慧雪是住持，虽说她比云果和德秀年岁小，人们为了区别她们，还是尊称慧雪为师太，称云果和德秀为师父。她们三人中，慧雪和云果是瓦城宗教局从外地恭请来此护法的，她们都是受了具足戒的，慧雪是在五台山削发为尼的，云果师父的出家地说法就不一了，有人说是河南，有人说是山东。从口音来辨别，应该是河南。因为瓦城山东后裔多，人们熟悉那儿的口音。一旦有香客问她来处，云果师父总是一挑眉毛说："出家人只有去处，哪有来处。"虽然她说得禅意深厚，但因她爱挑眉毛，香客们说她修行不深。德秀师父是瓦城人，也是松雪庵最年长的尼姑，她的遭遇尽人皆知。她嫁了三个丈夫，头一个病死，第二个外出打工时犯下死罪被毙了。第三个丈夫是个离异者，他与德秀师父结婚后，哪怕只是头疼脑热的，吃饭噎着了，走路崴了脚，他都疑心自己会死，因为人们说他老婆克夫，她克死两个了，克他自然不在话下。他活得战战兢兢，总觉得老婆提着把看不见的屠刀，随时会刺向他心窝，最后他甚至不敢跟她睡一起了。德秀师父怕他吓死，主动提出离婚。她离婚后，日子过得清贫孤寂，不过有女儿在身边，心底也有寄托。女儿是她与第二个丈夫生的，貌美如花。她高中毕业后报考戏校落榜，便去南方打工。不出一年，领回一个比自己大二十岁的男人，说是她恋人。这男人有过两次婚史，在温州开了三家鞋厂，虽外貌不济，但性格随和，也算忠厚。德秀师父见女儿已怀了他的孩子，只好成全他们。谁料婚后他们刚从东南亚度完蜜月回国，这男人有天与生意上的朋友聚会，在酒桌旁突发脑溢血死了。女儿打掉孩子，回到瓦城跟母亲决裂，说她找了算命的，人家说她的不幸皆因是她女儿，母亲的命被上了诅咒，跟她沾边的人，都没好结局，必须跟她脱离母女关系，永不相见，才能摆脱厄运。女儿把户口迁走，彻底离开瓦城后，德秀师父大病一场。她说本想进山，找棵树吊死，但她听说自杀的人去了另一世，不得超生，她害怕了。那时瓦城政府部门为了带动旅游，刚好在金瓮河候鸟自然管护站对面修建姑子庙，正愁庙里尼姑少，知道她的遭遇，又知道她逢人就说活够了，便动员她去庙里。德秀师父对佛教懵懂无知，并不知道菩萨在哪里，但她在生活中遭遇难处时，爱在心里念一句"阿弥陀佛"，可真要跨进它的门槛，内心还是不甘的。她闭门两天，水米不沾，苦思冥想了四十八小时，最终难耐饥渴，还是喝了水，吃了一听午餐肉罐头。她想既然自己没勇气死，那么进庙门也算个出路，无非是把"阿弥陀佛"念出声来，把荤戒掉而已。她就把家里的房子卖掉，捐给庙里，带着可用的物件，来到松雪庵，出了家了。张黑脸记得慧雪师太为德秀师父剃度的那个晚上，他在月下劈柴，听见河畔传来嘤嘤的哭声。原来德秀师父落了发，心底不平静，溜出松雪庵，到金瓮河畔，跟水中的月亮诉苦来了。张黑脸问德秀师父哭啥。她说："没了头发，这辈子就再也做不回女人了！"张黑脸说："你剃了光头，身上轻快了，该高兴哇。"德秀师父忍不住笑了。张黑脸忘记了很多事情，但他记得那晚德秀师父的笑声，比哭丧还要瘆人的笑声。

快到松雪庵时，张黑脸想起德秀师父那夜的笑声，忍不住问周铁牙："女人要是笑得比哭还难听，咋回事呢？"

"要么是她心死了——"周铁牙停下脚步，回身对张黑脸说，"要么是她遇见鬼了。"

张黑脸瞪大眼睛，说："我不是鬼。"

"这么说你私会女人了？"周铁牙说。

张黑脸摇摇头，说："遇见。"

周铁牙眼睛亮了，问："谁呀？"

张黑脸想告诉他是德秀师父，可他说出的却是："天黑，没瞅清。"

张黑脸多年不会撒谎了，这次谎话脱口而出，他有中彩的感觉，手舞足蹈的，忍不住打了声口哨。

4

张黑脸和周铁牙进得山门，最先看见的是云果师父。她向来喜欢在素色的僧衣上，以各类佛珠，增光添色。云果师父穿一件灰色齐腰棉袍，古铜色荷叶形禅裙，黑布鞋，颈上环绕着一串星月菩提念珠，左腕戴的是红玛瑙手串，右腕是明黄色蜜蜡手串，好像春天先爬上她的手腕了。她提着一把铜质油壶，刚从弥勒殿添灯油出来。

云果师父与周铁牙虽说男女有别，一高一矮，但有点兄妹相，都是四方脸，挺直的鼻梁，小眼睛，薄嘴唇。不同的是，周铁牙眉毛粗短如螺蛳，云果眉毛细长如柳叶。

"云果师父好哇，我们刚回管护站，惦念着师父们，赶紧过来看看，顺便讨碗粥喝。"周铁牙拱手问候。

"你们也来化缘啦？"云果俏皮地应话。

"是啊。"周铁牙笑笑，说，"今儿好像没啥游客？"

"有两个，上去了。"云果说，"这时节青黄不接的，来的人少。等树全绿了，花开了，候鸟人来了，拜佛的就多了。"

"冬天时人多吧？"周铁牙说，"我听说去年来看雪的人多，瓦城机场每天都有几百游客涌进来。"

"人家奔的都是滑雪场，来这儿的人不多。"云果说。

"滑雪倒是比烧香有意思得多啊——"周铁牙感慨道。

云果没反驳，但她挑起了眉毛。周铁牙自知在庙里说这话大不敬，于是做出掌嘴的手势，云果的眉毛这才像出鞘的剑，落了下来。周铁牙发现女人没了头发后，眉毛就突出了，成为脸部的旗帜了。她们的内心感受，都凝结在眉毛上了。你看慧雪师太，她那好看的新月眉，总是那么矜持，就像绣在眼睛上似的，无论遭遇什么，都不会有大的波动。不悲不喜，不怒不嗔，慧雪师太的眉毛就告诉大家了。而德秀师父，她虽不像云果爱挑眉毛，但她蹙眉的时候常有。

他们边说边向上走，经大雄宝殿时，果然看见一男一女在上香。云果进殿添灯油，周铁牙和张黑脸则穿过殿外小路，直奔斋堂。路过菜地时，他们发现地已翻过，肥沃的黑土在阳光下散发着特有的幽光，看来她们已做好播种的准备了。

德秀师父正在斋堂切土豆，这个冬天她发胖了，面色红润，长脸快成圆脸了，腰也粗了，先前的灰布围裙，扎着显小了。她见着管护站的人，放下菜刀，叫了声"阿弥陀佛"，用抹布擦着手，说："前殿的台阶上，前几天落了不少鸟粪，俺就想候鸟都回来了，你们咋还不见影儿呢？俺昨晚和今早，朝你们那儿望啊望啊，烟囱哑巴似的，也没个动静，敢情人都回来了。"德秀师父大嗓门，但以前因声音暗哑，即便动静大，也给人弱的感觉，可现在她声音洪亮。

"张师傅惦记你们，这不赶紧过来送他自己腌的雪里蕻么。"周铁牙说。

德秀师父从张黑脸手中接过雪里蕻，看了看，嗅了嗅，说："菩萨保佑，你们这么善心！都开春了，这雪里蕻还油绿油绿的，看来去年秋天腌时，是用大粒盐搓的，没加一滴水，还得用瓷坛封了口，放在阴凉处！不然一冬下来，早就熬黄了脸，馊得不能吃了。"

张黑脸瞪大眼睛，吃惊地看着德秀师父，证明她说对了。

斋堂有两口灶，一高一矮，各走各的烟道。矮灶焖了一锅芸豆米饭，高灶烧着水，快开了，德秀师父说她正准备炖土豆海带。她说他们来了，得加个菜，豆豉炒萝卜。周铁牙和张黑脸渴了，德秀师父待水开了，先给他们泡茶。两个人坐在斋堂前的长条凳上喝茶时，德秀师父开始炖菜了，炝锅的油香气飘出斋堂。

周铁牙悄声说："她们炝锅也不搁葱姜蒜，菜味却不错，德秀师父手艺就是不一般啊。可惜她男人无福消受，害得她当了姑子。"

张黑脸嘿嘿笑了两声。

周铁牙问："你笑啥么？"

张黑脸告诉他，他想起德秀师父刚来庙里时，因不习惯不能吃葱姜蒜了，口里没味，还揣着俩馒头，去管护站的菜地里，偷着拔葱就馒头吃的事呢。记得她被他们发现后，很伤心地说："不吃肉倒也罢了，因为杀生实在是罪孽，可你们说葱姜蒜又不是荤腥，佛家怎么就忌讳这味儿呢？"那时周铁牙还逗她，你要是后悔了，就还俗，爱吃啥就吃啥，德秀师父说："再怎么着，我也不回人间了。"听她的口气，庙里就不是人间了。

周铁牙对张黑脸能记得那天的事，吃惊不已。为了试探他能否回忆起更多的事情，他故意编了个瞎话试探他，说："还记得去年咱回管护站的路上，走到半道，一个姑娘想搭咱车的事吗？"

"对呀——"张黑脸梗了一下脖子说。

"最后你说深山老林出来个姑娘，恐怕是狐仙变的，不让我停车，咱就没理她。"周铁牙进一步引诱说。

张黑脸又梗了一下脖子，说："对呀——"

周铁牙放了心，这至少说明，张黑脸脑子还是糊涂的，从他附和他的话来看，他意识中对他依然是服从的。

德秀师父炖上菜，提着茶壶出来给他们续茶。她说自正月起，瓦城人采达子香花快采疯了，近处的山采没了，都采到庙这儿来了。说是有商家收购达子香，运到大城市高价卖掉。一束达子香七八枝，能卖二三十块呢。这花儿又没成本，家家都想捞一笔，野生达子香花快被扫荡空了，看来今年的春色，不比往年好喽。

周铁牙说："也怪这花命太硬了，你说它们大冬天的站在雪里，花心也不死。把它们采了呢，运到山外，十天八天的不喝一口水，也不枯萎。只要进了买家的门，得了温暖，喝上水，就美了，啪啦啪啦地开花了，你说它要是不这么皮实，能被人往远处卖么？"

"你不说采花的人有罪，倒说花儿命硬！"德秀师父气得手抖，差点把茶壶摔了。

周铁牙明白德秀师父为啥恼了，因为瓦城人说她命硬克夫，他说达子香花命硬，她听了自然不快，周铁牙赶紧拱手道歉，说："凡是命硬的，开的花儿都不凡俗啊。"

德秀师父的面色这才平和了，她反身进斋堂，放下茶壶，看了看锅里的菜和灶里的柴，换了条围裙，又出来了。德秀师父新穿上的围裙簇新簇新的，蓝地粉花，围裙边缘还镶着肉色的蕾丝流苏。这条围裙她穿着照例紧巴，且花围裙与她的气质，极不相称，连她自己都不自信，很局促的模样，看上去像一只被缚住的野鸡。

"穿着这条围裙美气呀。"周铁牙违心说着，转头冲张黑脸眨了一下眼，说，"你说是吧？"

张黑脸用舌头舔了一下嘴唇，说："还是灰布围裙更受看。"

德秀师父说："张师傅说的是真话。我就说么，俺戴不了花围裙，可云果过年时进城，给我买了一条，不穿还觉着可惜了。"说完进了斋堂。

"云果师父这是把她往丑里打扮呢。"张黑脸说。

周铁牙狠狠地瞪了张黑脸一眼。

德秀师父再出来时，把灰围裙又请回身上了，她说："俺听说现在公安局和资源监督办抽调专人，在各路口检查采达子香的。你说近山的都快被采空了，这花的花期也到了，现在才管，不是晚了三秋么。该赚钱的赚了，你能从人家腰包把钱掏出来？"

周铁牙附和说："就是，不干正事的衙役，总是马后炮。"

德秀师父似乎憋了好些话，要与他们倾诉。她说上个月她在庙外拾柴，碰见一个采达子香花的男人，她劝他不要采了，留着花儿给菩萨看吧。可那人傲慢地说："老尼姑，我问你，菩萨长着眼睛么？要是长眼睛的话，为啥正道人没好运，干邪门歪道的人却发财？我再问你，为啥和尚的戒律少，二百五十条，尼姑的多出快一百条？在庙门里还不平等呢，还说什么六根清净，四大皆空，骗你们自己吧。菩萨要看花，百姓就不看花了么。"

周铁牙心里觉得那男人说得没错，可他当着德秀师父，不得不谴责那人，他瞪大眼睛说："他也不怕风大闪了舌头?!"

"男人要都像周站长这样，女人的日子就好过了。"德秀师父说这话时，目光是放在张黑脸身上的。

张黑脸以为她看他，是让他对周铁牙的话，发表意见，他就对德秀师父说："站长一瞪眼睛，说的都是假话。"

"我刚才瞪眼睛了吗?"周铁牙眯缝着眼，凶巴巴地问他。

张黑脸一脸天真地说："瞪眼了，就像猫头鹰的眼睛那样，瞪得溜圆溜圆的呢。"

德秀师父"咳——"了一声，说："别说呀，这时候咋看不见猫头鹰啦？也不像冬天似的，总听它们叫。"

张黑脸说："亏你是瓦城人，这都不知道？猫头鹰到了夏天去比这更北的地方孵蛋去了，它们冬天才飞回来。"

"也就是说别的鸟儿从南方飞回来时，它得给人家腾地方？"德秀师父说，"是不是它们长得难看，就得挪窝？"

周铁牙说："这跟丑俊没关系，它不是冬候鸟么。"

德秀师父叹息着，说："咱这还不够凉快？还往北飞，那不是飞进冰窟窿里去了吗。"

张黑脸说："估摸着是它毛太厚了，夏天怕捂出痱子。"

德秀师父笑了，周铁牙也笑了。张黑脸不觉得他说的话可笑，他嘟囔着："快开斋吧，肚子叫了。"

5

候鸟回到金瓮河自然保护区后，候鸟人也陆续到了瓦城。

候鸟迁徙凭借的是翅膀，候鸟人依赖的则是飞机、火车和汽车等交通工具。每到初春时节，瓦城的小型机场、火车站和客运站，便是人满为患。

夏季回到瓦城的候鸟人，大抵由两部分构成：本地人和外来人。其中外来人以南方人为主。

能够在冬季避开零下三四十摄氏度的严寒，在南方沐浴温暖阳光和花香的瓦城人，要有钱，也得有闲。瓦城人普遍认为，如今的有钱人，一部分是凭真本事、靠自己的血汗挣出来的，另一部分是靠贪腐、官商勾结得来的不义之财而暴富的。在他们没有案发前,可以过着锦衣玉食的日子。在老百姓眼里,这一部分人的比例要高,也最可憎。就拿根在瓦城的候鸟人来说吧,他们选择的冬季栖息地,多在沿海和经济发达地区,三亚、海口、珠海、北海、深圳、广州等。这些地方的房价和房租,始终是涨潮的海水,一浪高过一浪。能在这些地方买得起房,付得起房租,消费得起的,要么是瓦城各级领导的父母和兄弟姐妹,七大姑八大姨等;要么是与官员关系密切,从而包揽各种市政建设工程的商人。他们深秋从瓦城带走各类土特产,去南方一住就是半年,直到瓦城春暖花开,南方也热了起来,他们才带着新鲜的热带水果返回。另一部分夏季来此避暑的候鸟人,多是生活在南方各火炉之地的老年人或自由职业者,他们生活上相对富裕,这些人很少在瓦城买房,以住旅店和租房为主。所以瓦城的旅游餐饮和房屋租赁市场,随着冰雪消融,生意也回暖了。

周铁牙年轻时当过伐木工,爬冰卧雪让他落下了老寒腿的毛病,一到冬季,膝关节又痛又痒,苦不堪言。他想趁着外甥女在瓦城林业局做副局长,无人敢动他,他在这个岗位多捞一些,再过几年,六十岁了,也能在冬季去南方避寒。

　　周铁牙和张黑脸回到管护站一周了。来到金瓮河的夏候鸟，多了一个品种，就是东方白鹳。它们站在金瓮河上，白身黑翅，上翘的黑嘴巴，纤细的腿和脚是红色的，亭亭玉立，就像穿着红舞鞋的公主，清新脱俗。他们观察了几天，总共发现六只东方白鹳，它们分三对行动。有一对喜欢在河畔湿地梳理羽毛，另两对爱去树丛。爱在树丛流连的两对，把巨大的巢，都坐在了树木顶端的树杈间，只不过一对选择了白桦树，一对选择了柳树。爱在水边嬉戏的那对，巢在哪里，他们还没寻觅到。总之，金瓮河飞来国家一级保护动物，他们都很兴奋。周铁牙高兴的是，此事上报后，管护经费将增加，他从中渔利的比例也高了；张黑脸激动的是，他终于见到日思夜想的恩人了。

　　张黑脸第一眼见到舞蹈在金瓮河畔的东方白鹳，就惊叫着跟周铁牙说，当年守护着他的大鸟，就是它啊。

　　熟悉张黑脸的人都知道，他当年在山中扑打山火，自称与主力扑火队员失联后，在一条长满稠李子的溪谷旁，遭遇到一只虎。饥饿加上恐慌，他昏了过去。等他苏醒时，天在落雨，可他的脸并没被浇着。他眼前有一把巨大的羽毛伞，黑白色，伞柄是红色的，是他此生见过的最华美大气的一把伞。他仔细一看，原来是一只白身红腿黑翅的大鸟，站在他胸腹处，展开双翼为他遮雨。张黑脸说，他一时以为，自己是到了天堂。他伸出双手，左右拂了拂，谁知左手碰到的是一株樟子松幼苗，右手触到的是一个娇嫩的桦树蘑——他把桦树蘑的伞盖给打掉了。张黑脸双手沾染的樟子松和桦树蘑的清香气，让他明白他还在大地上，因为他的手拂到的不是空中的云。他侧身一望，乌云正在他头顶翻滚呢。他苏醒后不久，雨停了，这只叫不出名字的大鸟，收束翅膀，一跳一跳地消失在密林深处。他吃力地坐起来，眺望天空，在彩虹现身之处，发现了这只腾空飞起的大鸟，它就像去赶赴一场盛宴，姿容绚丽，仪态万方。

从此之后，张黑脸就爱生有翅膀的鸟儿。

他艰难走出森林，是与扑火队失联后的第六天。据第一个撞见他的采野果的山民回忆，张黑脸看见他，说的第一句话是："这是阳间吧？"得到肯定的答复后，他古怪地笑了两声，昏了过去。

他再次醒来时，忘记很多事情了，比如他单位的全称，他结婚的日子，他的年龄甚至他的名字。他本来叫张树森的，可他非说他这一段，一直在一个没有太阳的地方当判官，那里人都叫他张黑脸。他那年四十八岁，却说自己满六十了。他家的邻居姓秦，可他说人家姓阎。好在他记得老婆孩子，知道老婆叫常兰，女儿叫张阔。他告诉他们，自己在山中碰到老虎，它挓挲着胡子奔向他时，他吓昏了。等他醒来，发现一只神鸟站在他身上，为他遮风挡雨。当时人们都以为他瞎说，瓦城野生动物以棕熊、堪达罕、猞猁、狍子、野猪、灰鼠、雪兔为主，哪有什么老虎的踪迹？可是张黑脸被吓呆后的第三年，一支森林勘察小分队在那一带山里，发现了野生东北虎的踪影，并拍到照片，成为轰动一时的新闻，人们这才相信，张黑脸当年确实遭遇到老虎。可是他所言的神鸟，大家认为那是他对仙鹤的想象，并不存在，毕竟他被吓呆了，说点胡话也正常。

张树森成为张黑脸后，他所在单位防火办的领导，见他痴傻了，不适合做扑火队员了，就给他办了病退，每月领取一千多块钱，成了闲人。他老婆常兰与他恩爱，丈夫这一病，仿佛回到了童年，她有带小孩子的感觉，得处处照应他。怕他闷在家里脑子会更糟，常兰春夏时节，把菜园中种的菜，每日摘取一些，让他用箩筐挑了，担到东市场去卖。收取市场管理费的人同情张黑脸的遭遇，从不收他摊位费。事实上他也没固定的摊位，今天喜欢炸麻花的甜香气，就把担子放在炸麻花的摊位前；明天喜欢葱花油饼的气味，就把担子放在那儿。摊主们也都喜欢他挨着，生意不忙时，可逗他解闷。他们还常赏他吃的，麻花、油饼、玫瑰油糕、干炸豆腐圆子、卤蛋、烤鱿鱼等等，他卖菜时嘴上很少亏着。张黑脸不像其他摊贩，他卖菜不吆喝，不用秤，不定价，别人说给多少是多少。所以他担来的菜大抵是一种命运，贪图便宜的人会围聚过来，丢下块儿八角的，一抢而光。当然也有个别好心人看他可怜，多给他一块两块的，他也不知那是多给了，只管把钱收起。无论他赚多少回家，常兰从不埋怨，总是热汤热水地伺候着。

东市场的业主，都爱逗弄张黑脸。他在哪儿，哪儿就是免费的戏台。人们知道他遇险生还后，最爱有翅膀的鸟儿了。卖活禽的就说，鸡鸭鹅也有翅膀呀，从今往后，你就不吃它们了吧？一提到鸟儿，张黑脸的脑袋就不那么木了，他说，鸡鸭鹅又不能飞，是人养的，没灵气，咋不能吃！大家就笑，说鸡也能飞呀。张黑脸说，它也就飞个篱笆，一人多高，算毬，真正的鸟能飞到彩虹里去！有人反驳他，说女人发脾气时，常扔鸡毛掸子和鹅毛扇子，力气大的，能扔过房顶呢，这不说明鸡和鹅也能飞得高么？张黑脸一拍脑袋，说：也是啊，莫不是鸡毛鹅毛附着翅膀的魂儿？听者无不大笑。

最令东市场业主们捧腹的一件事是，有一天卖鱼的老王跑到他摊位前说，张黑脸哇，你还不回家看看，你在这儿卖菜，你老婆在家养汉呢，都被人瞅见啦！张黑脸信了，挑起担子就往家赶。老王说，你挑着担子，那得多耽搁工夫呀。张黑脸用手拍着扁担说，我不挑担子，哪有家伙揍人？老王追着他问，你是用扁担打你老婆呢还是打那个睡你老婆的？张黑脸愣了，说那得问问法官，判我打哪个就打哪个，他挑着担子奔法院去了。

张黑脸病退的次年，张阔要跟个开装修公司的人结婚了。常兰请了个会看黄道吉日的，为女儿择婚日。人家定了一个，张黑脸一旁听了，说那日子没太阳，大暴雨。常兰只当丈夫说傻话，说难道你比神仙还灵，知道半个月后的天气？张黑脸抽抽鼻子，没有吭气。结果张阔结婚的前日还晴朗如洗，可到了大婚的那天，乌云滚滚，电闪雷鸣，新娘入洞房时大雨如注，瓦城一片汪洋。事后常兰后悔没听丈夫的，她担忧那样的天象，会使女儿未来的生活遭遇暴风雨。张黑脸难得说一句安慰话，他对老婆说："闺女多有福气啊，她成亲，老天都出动了，劳神费力打闪电，那不是给她放焰火么。"

常兰在特特周岁时，突发心梗去世了。没了老伴，张黑脸伤心了好长一段日子，说女人没长翅膀，但尽干些长翅膀的才干的事儿，说飞就飞了。每到年关，按照习俗，人们会给死去的亲人上坟，到了此时，张阔就是再忙，也得领着父亲上坟。因为他单独去的两次，被其他上坟的人看见，他上错坟了。一次他把鸡鸭鱼肉等供品献给了一个癌症去世的姑娘，一次是跑到墓主是个老汉的坟上。张阔这才明白，父亲不认得墓碑上的字了。她埋怨他上错坟的时候，张黑脸说，坟都是一样的，人都是埋进了土里，又没埋进云彩里，供谁不是供？

常兰死后，女儿一家搬来与父亲同住。张阔就手把位于城中心的楼房出租，到了夏天，候鸟人一来，轻松赚上一笔。她还把父母所拥有的这处位于城郊的平房，也部分改造成家庭旅馆，能容五六人入住。这样父亲和他们自己的住屋，也就狭小了。张阔觉得在享受的问题上，受点委屈值得，因为这样钱才能大方地进来。

父亲去了管护站后，春夏时节，她把他住的那间小屋，也租给候鸟人。她的个人生活，与候鸟人密切相关。除了做点野生山产品的收购生意，候鸟人活动频繁的季节，她就经营家庭旅馆。她爱吃，厨艺好，再加上爱干净，喜欢打扫卫生，她家的旅馆很受欢迎，回头客多。只是她在个人情感生活上，并不如意。张阔的男人近年挣了些钱，手上宽绰了，就常去洗头房和捏脚屋泡妞，很少碰她了。她想你忙活别的女人，让我闲着，我得多给你戴几顶绿帽子，才算对得起自己。她也找男人，不过不固定。今天是修汽车的，明天是开茶馆的，后天又可能是个在她家居住的候鸟人。在她想来，不固定的关系是玩，固定的关系往往要互负责任，闹不好就是你死我活，她可不想在婚姻上伤筋动骨，还想和她男人过，毕竟他们有共同的孩子。所以父亲去了管护站，她非常开心。一则她掌握的父亲的退休金卡（当然户头名字还是张树森）里，每月会多出一千两百元的进项（张黑脸在管护站月收入是两千两百块，另外一千块，周铁牙按月给张黑脸现金，做他的零用钱），二来她更自由一些。所以父亲在管护站期间，她一点也不希望他回城。她与人偷情，常在父亲的那间小屋。有一次张黑脸回来撞见她和男人在床上，他皱着眉嘀咕一句，特特他爸咋变这模样了，转身出去了。他回来通常是去城中心的平安大街，这条商业街热闹非凡，他去那儿，就是两件事：剃头和吃饺子。所以平安大街理发店和饺子馆的店主，都熟悉他。

东方白鹳来到金瓮河后，布谷鸟、鹌鹑和夜莺也回来了。张黑脸起得比平素更早了，他朝圣似的，每天洗干净脸，刷完牙，穿着齐齐整整地去岸边投食。那对不知巢穴在何方的东方白鹳，是他观测的主要对象。看它们自哪儿飞来，又向哪儿飞去。他观察了几天后，告诉周铁牙，那对东方白鹳，一定是把巢筑在了娘娘庙附近，它们来去都是那个方向。候鸟没有不爱河里的鱼虾的，所以张黑脸投在岸上的粮食，消耗不多。它们也真是有本事，扑棱着翅膀似立非立于水面上，眼观水下，瞅准目标，利爪就是鱼钩，扁平的喙就是鱼漂，腿就是鱼竿，总能眼疾手快地把鱼拖出水面。

金瓮河完全脱掉了冰雪的腰带，自由地舒展着婀娜的腰肢。树渐次绿了，达子香也开了，草色由浅及深，这天清晨，张黑脸没有像平素那样在该醒的时刻醒来，他沉沉睡着。

周铁牙发动汽车，载着偷猎的野鸭回城了。

6

管护站成立几年来，一到夏候鸟飞回的时节，候鸟人回来了，周铁牙就得伺机逮上几只野鸭，带回城里，打点该打点的。

而他逮野鸭的前夜，必定犒劳张黑脸，用午餐肉和野菜做馅，蒸一锅香喷喷的包子给他吃。当然烧酒是必不可少的，烧酒里要兑上安眠药，这样才能保证张黑脸不会起夜，一觉睡到日上三竿的时辰。周铁牙趁他昏睡，将捕猎工具备好，下到金瓮河畔。

飞回金瓮河的夏候鸟，以各类野鸭居多。除了绿头鸭，还有斑背鸭、青头鸭、花脸鸭、凤头鸭等，这些鸭子一来就是一群。它们清晨和傍晚时，喜欢来河里找吃的。它们的巢穴，不像东方白鹳坐在高处的树杈，而是在草滩或灌木丛。瓦城林业局按照上级指示，停止采伐后，林地植被迅速恢复，野生动物也多了起来。所以野鸭的巢穴，常遭到动物们的破坏，尤其是产卵时节，对野生动物来说，找到一窝野鸭蛋，就是得到了最甜美的点心。因而野鸭孵化期间，雌鸭和雄鸭轮流守巢，生怕有闪失。

野鸭生性机敏，它们在河上嬉戏，总有一只野鸭，游弋在靠近岸边的一侧，为同伴放哨。任何风吹草动，都会令其紧张。只要负责警卫的野鸭发出预警信号，它们就扑棱棱飞起。所以逮野鸭对周铁牙来说，也是个智力活儿。林业局为管护站特别配备了一杆砂枪，以防野兽的袭击，周铁牙的枪法也不错，但他只在头两年用砂枪打过野鸭，此后改用他法。一则砂枪动静大，会惊扰其他候鸟，它们会把金瓮河视为危险之地，不再回来。没了候鸟，他的管护站也就不复存在了。还有就是对岸有了娘娘庙，对周铁牙也是无言的威慑。砂枪声传过去的话，等于告诉列位菩萨，他杀生了，周铁牙怕遭报应，所以捕鸭用自制的铁丝网笼了。

这个网笼与捕鸟的粘网不同，不是悬挂在树间，而是放置地上——离野鸭巢穴较近之处。其形态类似捕鱼的须笼，葫芦形。他在笼子入口处投放的诱饵是野鸭爱吃的玉米楂子，当然如果运气好，能打上一些杂鱼做饵，那就再好不过了。野鸭闻到腥味，会热情洋溢地靠拢过来。周铁牙设计的笼子也参照了捕鸟的滚笼，野鸭奔着食物进来后，网笼受到震动，悬着的门会自动弹下来，将它们关在里面。他做了六只这样的网笼，张黑脸问他这是干啥用的，他说是捕鱼的，可它们一次也没下过水。周铁牙对野鸭下手，通常在夜深时分。将网笼分别放在不同的地方，凌晨起来，一出木屋，听见野鸭在哪儿叫得冤屈，那就是它们在哪儿入牢笼了。循声而去，就能看见网笼里怨女似的它们了。

周铁牙随缘，只要逮着不少于两只，对他就够用了。当然有时他运气差，一只也逮不着，这时张黑脸就惨了，还得再被烧酒和安眠药折磨一回，直至野鸭"入瓮"。

今年周铁牙运气不错，逮着四只野鸭，全都活着，毫发无损。而他有一年逮的野鸭，被野猪给吃掉两只，落了一草丛的鸭毛，把他心疼坏了。野猪的獠牙很厉害，能把铁丝笼撕裂。周铁牙想着野鸭就被野猪生吞活剥了，心也抽搐，他想野鸭若有魂灵，一定恨死下网笼的他了。从那以后，他再下了网笼，会彻夜守候着，以防野兽捷足先登，掠人美味。

像以往一样，周铁牙把野鸭从笼中取出，用黑胶带粘住它们哨子似的扁平嘴，再用麻绳把腿绑住，这样汽车在经过瓦城森林检查站时，不会发出任何声息，而引起检查人员的怀疑。事实是，检查站的人看见管护站的车，看都不看，拉杆放行。周铁牙把野鸭分装在两个麻袋中，扔在货箱中。怕它们窒息，成了死鸭，于是敞着口，这样它们能伸出脖颈。放好野鸭，他把网笼清理干净，放进储物间，看了一眼睡得四仰八叉的张黑脸，暗笑一声，关上门驾车而去。

周铁牙在林间驾车，只要不是冬天，总把车窗敞开，更真切地感受花香鸟语，微风阳光，在他眼里，这是大自然赐给人类的糖果，分享时无比愉悦。天空晴朗，看着充满生机的森林，想着此次捕获甚丰，可匀出一只野鸭，去福泰饭庄卖个好价，他忍不住哼起小曲。

瓦城森林检查站设在城外十公里处，这里一共四个人，分两班轮流执勤。检查站不像候鸟管护站，到了冬天就关了，它常年有人值守。他们主要查猎捕野生动物的，偷伐林木的，防火期进山带火种的，以及像今年这样疯狂盗采达子香的。周铁牙认得每个人，他们知道他有来头，也当他是同行，对管护站的车辆，从不检查。

然而今天周铁牙的车出现时，横在检查站前的红白杠木杆，并未像往常那样拉起。站在检查站岗楼前的两个人，一个是他认识的手持手机的老葛，另一个是个陌生人，穿公安制服的小青年。

周铁牙只得刹车，满脸堆笑，掏出香烟，对着一脸痦子的老葛说："兄弟，还没吃早饭吧？来，先抽支烟开开胃！"

老葛双手一挡，给周铁牙使着眼色，说："老周客气啦，空腹抽烟我就没胃口吃早饭啦！咋的，进城给候鸟上货？"

"我这是进城报喜去，今年飞来了十来只仙鹤呢！"周铁牙夸大着来到金瓮河管护站的东方白鹳的数量。

"仙鹤？"老葛龇着牙说，"骗谁呢，我只在年画里瞅见过。"

"学名叫东方白鹳。"周铁牙说，"跟仙鹤长得一个样。"

"那你们在管护站就是过着神仙日子了？"老葛说。

周铁牙说:"哪如你们检查站好呀,离城近,手机有信号能联络人,还能收听广播。我在管护站拿着手机,跟搂着个木头美人一样。再干两年,我就得跟张黑脸一样成呆子了!"

"你们对面不是娘娘庙么。"老葛挤眉弄眼地说,"晚上找她们唠嗑去呀。"

"跟吃素的姑子住邻居,我都快成和尚了!她们把心里话都变成经,念给菩萨听了,跟我们臭男人哪还有话说呢。"周铁牙示意老葛把木杆抬起,放他过去。

老葛便对那个年轻人说:"小刘警官,这一大清早的,你查了不少辆车了,歇歇吧,这次我上车检查,你准备拉杆放行。这是管护站的车,跟咱们算是一行的,肯定没问题,不过按照规定,也不能放过它。"说完笑笑,跟周铁牙介绍小刘,说他是公安局森保科派来的警官,政法大学毕业的高材生,去年公安系统招录干警,考到瓦城的。

周铁牙知道,大学毕业生很难考上大城市的公务员,所以有些人选择报考边远地区一些系统内招,为的是先有一门工作,解决吃饭问题。这类人中,通常是家庭拮据而无背景的青年才俊。周铁牙见老葛执意检查,想他就是看到野鸭，也不敢刁难他，于是大大方方地跳下驾驶室，将后箱门打开，对老葛说："上去查吧，查不到东西，可别哭啊！"

老葛说："瞧您说的。"

周铁牙表面装得坦荡，满不在乎的，内心还是有点胆怯。老葛上车后，他生怕小刘跟上去，主动靠近他，递上香烟套近乎，说："来支烟？"

小刘一脸严肃地说："这是禁烟区。"

"嗨，瞧我这臭记性，把规章都忘了！"周铁牙讪讪地把香烟揣回裤兜，说，"一进管护站忙起来，我这脑袋就昏了！"他故意拍着小刘的肩头说："这么帅的小伙子，一定有一群女孩子追你吧？"

小刘到底年轻，不知这是周铁牙在恭维他，他实心实意地说："哪里，原来有女友的，都处了三年了，这不看我考到边远山区了，就跟我吹了。"

"现在的女孩子咋这么势利眼?!"周铁牙故意大声说，"瓦城怎么了？瓦城就不能活人了？我跟你说，这两年名贵的候鸟，都往这里奔呢，说明啥？说明这里是人间天堂！你要是能在瓦城扎根的话，就凭你这小伙儿，女孩子都得疯抢！"

　　与人说漂亮话，永远是遇卡时，最好的通行证。不等老葛下车，小刘已乖乖拉起木杆，准备放行。

　　周铁牙见小刘不构成威胁了，赶紧吆喝老葛："老伙计，我说你咋还没查完？货箱是空的，难道你在里面遛弯？"

　　老葛应着"就来——"，一分钟后，他握着手机跳下车，故意抽着鼻子，摇着脑袋，做出一无所获的沮丧样。

　　周铁牙连忙把后箱门"嘭——"的一声关上，说："咋样？"

　　"刚上去明明看见一只小狐狸。"老葛装着哭腔说，"可是一眨眼它就不见了。"

　　"它变成花姑娘溜走了。"周铁牙笑着说，"晚上等着吧，她就来陪你守夜了。"

　　老葛和小刘都笑了。

　　周铁牙表面也笑着，可心里笑不起来。他登驾驶室的脚踏板时，腿软得踏了两次才上去。老葛看出他内心的慌张，找话跟他说："你这小货车也用了好几年了，换一台吧，现在新出产的，后箱都装了液压托板，能托起两三吨的货物呢，你们装货卸货就不用那么挨累了。"

周铁牙说:"只要轱辘还能转,能给公家省点就省点吧,凑合着用,反正张黑脸喜欢卸货。"

周铁牙驾车过了检查站后,心先是轻松了一刻,继之沉重。老葛看到野鸭而没刁难他,这等于欠下一个大人情,得还。还什么呢?周铁牙想到了烟酒,但一想烟酒挥霍后,老葛会忘记他还了人情,不如买件能常伴他的东西送他,电动刮胡刀,或是一件抗风的夹克衫,他见老葛终年穿着的蓝夹克,袖口已磨破了。老葛家境不好,一直过着爬坡的日子,总是一副疲态。他所在的检查站隶属林业公安局,编制上属于协警,他比正式警察,每月少开一千多块钱,医疗待遇也低。老葛的老婆没正式工作,在家政公司做计时工。他们节衣缩食所赚的钱,都贴补到儿女身上了。老葛的儿子在长春一所大学读大二,正是用钱的时候;女儿大学毕业后,应届研究生和公务员都没考上,心灰意冷回到瓦城,目前在一家私人幼儿园当幼教。

周铁牙觉得自己比起老葛,日子好过多了,他和老婆的双方父母,只有岳父还在,跟他小舅子过,无老人的拖累。他的独子在天津读军校,是个优等生。老婆虽没工作,却很温顺,身体健康,操持家务是把好手,常去他那做了副局长的外甥女家，帮着干点活儿。周铁牙清楚，老婆这么快成了外甥女家的义务仆人，也是为了他。只是有次他在她家，见到老婆跪在地上擦地板，外甥女却偎在沙发上吃燕窝红枣羹，心被刺痛，再见外甥女时，有股说不出的嫌恶。

周铁牙与往年春天偷着带回野鸭一样，进城后先给领导进贡。他用麻袋拎着两只野鸭，先去了林业局邱德明局长家。局长的父亲邱老，刚从三亚回来，保姆打开门，他正咳嗽着，一见着周铁牙，立刻两眼放光，边咳边说："我估摸着、你、该来了，半年、没见，咋、咋过瘦了？"

周铁牙笑着说："肉吃得少，就瘦了。"

"咋了？你在管护站、还亏着、嘴上了？等德明、回来，我告诉他、多给你、拨点经费。也不能、让候鸟吃香的喝辣的，素着你吧？"邱老越说，咳嗽得越厉害。

周铁牙问他这是咋了？邱老说在三亚一待半年，虽说在瓦城生活了大半辈子，直接从那飞回，还真有点不适应这儿的气候了呢。以后要学候鸟，一路迁回，边走边歇，就不会出现不适了。明年他会在中途停留一周，选择那些能游玩的城市，比如洛阳、天津、青岛。

周铁牙一边跟邱老说着话，一边按保姆指引，把野鸭搁在厨房。他敞开麻袋口，见野鸭还都活着，松了口气。它们伸着脖颈，看着这个陌生之地。也许因为愤怒吧，周铁牙觉得野鸭的眼珠是血红色的。

"嗬，两只鸭，看上去、都挺肥呢。"邱老跟到厨房，看着野鸭，心花怒放的。

"是您老有口福哇。"周铁牙撒谎说，"我把逮着的，都给您老带来了！您可以先宰一只，过两天再宰另一只。不宰的那只放在阳台，给点杂鱼，养一个礼拜都没问题！"

邱老夸他的主意不错，他指挥保姆，先宰杀那只斑嘴鸭。说是开河的野鸭，天下第一美味，他晚上要好好喝壶酒。他说在海南岛过了一冬，让海鲜把胃给整寡淡了，他要让一锅浓油赤酱的野鸭，给他的胃弄高兴了，把病赶跑！

周铁牙出了邱局长家，又驾车到城南的外甥女家。他从后箱取出一只花脸鸭，塞进一只黑胶塑料袋，提着叩门。

不出所料，是周铁牙的姐姐周如琴开的门。她今年六十七了，矮个，枯瘦，头发稀疏灰白，目光黯淡，气色倒是不错。周如琴丈夫死得早，他们育有一儿一女。怕儿女受欺负，她没有再嫁。如今儿子在深圳做生意，女儿在瓦城林业局当副局长，儿女都出息，她的晚年生活也就人见人羡。依据候鸟的习性，她暑来寒去，半年跟着儿子在深圳，半年跟着女儿在瓦城。

女儿女婿上班了，外孙上学去了，只周如琴一人在家。虽然姐姐去深圳这半年，周铁牙给她打了几个问候电话，但姐弟俩毕竟半年未见了，少不了叙些家长里短的事情。他们说话时，周如琴始终抱着心爱的泰迪犬。它每年跟着主人，南来北往的。周如琴乘坐飞机，就把它放进宠物箱中托运。所以一到春天，候鸟人迁回时，瓦城机场的行李传送带上，常传来猫狗的叫声。若是主人喊它们的名字，它们叫得就格外起劲。

周如琴对弟弟说，现在不比从前，做官要处处谨慎了。她告诫弟弟在外不可仗着外甥女做官，任意妄为。水满则溢，月满则亏，不要说大话，为人低调些。以后野鸭也不要送了，不能因贪口腹之欲，铤而走险。话虽这么说，她对野鸭还是表示出热情。周铁牙知道，尝鲜加之特权享受带来的优越感，是姐姐钟爱野鸭的原因。周如琴吃野鸭从来都是清煮，不加调料，慢火宽汤，炖两三个小时，然后把鸭肉捞出，只留两三碗的浓汤，加少许的盐喝汤，说这才是真正的尝鲜。而捞出的鸭肉，她会为女儿罗玫做干锅鸭肉。这位瓦城林业局最年轻的副局长重口味，喜欢水煮鱼、麻辣小龙虾、香辣蟹、火爆鸡丁、熘肥肠，所以干锅鸭肉里要放足麻椒和辣椒，才称她意。这也是罗玫每年开春，最盼望出现在餐桌的一道菜。

周铁牙想像往年一样，帮姐姐把鸭子宰了，收拾干净再走。因为周如琴小心谨慎，不信任外人帮忙。可周如琴却对弟弟说，女婿和罗局长今晚各有聚会，不回家吃，外孙放学后会去吃他喜欢的麻辣烫，然后去家教家补课，所以鸭子要等到明天再杀。听到姐姐管外甥女叫"罗局长"，而不是"玫玫"，周铁牙心里很不舒服，起身告辞。走前周如琴送他一样东西，说是从深圳带回的，香港造的电动按摩棒。但凡腰颈不适，通上电后用它按压，舒经通络效果极好。周铁牙嘴上说着还是有姐好，心里却想自己半年在管护站，那里没电，送这个礼物给他，只能冬天使，看来姐姐并未真正把他放在心上。

周铁牙怅惘地出了姐姐家，去了福泰饭庄，顺利地以四百元的价格，卖掉了最后那只野鸭。处理掉野鸭，等于排除了所有地雷，周铁牙不怕上路了，他去了自己的单位营林局，让局长看他拍到的金瓮河上的东方白鹳照片。

局长蒋进发五十八了，正处于退休前的工作懈怠期，上班晚，下班早，每天喝茶看报，棘手的事情，一概往后推。他为迎接自己的退休生活，选择了一门爱好——风光摄影。他置办了一套高级摄影器材，随身携带，常在清晨傍晚，驱车去林中拍日出日落。拍得多了，他总结了一套人生哲学，说是人生就是两步棋，日出和日落。走完了日出，就得下日落这步棋。以前他对在文联工作的人嗤之以鼻，说那儿的人半疯，现在却乐得加入疯人的行列，参加他们组织的瓦城风光摄影大赛，作品还拿过金奖呢。

蒋进发看到金瓮河上东方白鹳的照片，不由啧啧赞叹："美哉，美哉！"他当即喊来办公室主任，让他写个追加管护经费的情况说明，他要多批给管护站一万五千块钱，周铁牙自是喜出望外。蒋进发还喊来常务副局长，说是上头有精神，领导该多下基层，他明天早晨要去管护站做实地调研，待个三两天。周铁牙知道，他是奔着摄影去的。以往蒋进发去，只是打个转，这次去说要住下，周铁牙又喜又忧。喜的是伺候好了领导，经费还会增加；忧的是万一东方白鹳挪窝了，飞出保护区，蒋局长会失落。领导一失落，他失落的就可能是银子。

周铁牙表示，等他给候鸟买了粮食后，立刻返回管护站，做好接待准备。蒋局长说不必了，他这次不坐专车，就乘坐他的箱式小货车，明早出发。周铁牙说，他还从没让张黑脸一个人在管护站过夜，这呆子万一惹出麻烦就惨了。

蒋局长说："他还能把房子点着咋的？"他拎起平素签字的金笔，豪迈地说："他要真是烧毁了房子，你也不用担心，我给你批钱，咱再盖新的！"

周铁牙只能听命了。他想在城里住一夜也挺好的，中午回家让老婆给他做手擀面，下午去粮站给候鸟买粮食，空闲时间可以喝个茶，捏捏脚，泡泡妞。当然，还得去趟服装市场，给老葛买件便宜点的夹克衫，堵他的嘴。由夹克衫，他突然想到蒋局长要住在管护站，闲置的那套被褥不干净了，得给他买床新被子。

7

德秀师父拎着禅杖走到管护站时，是上午八点多的光景。

她过月牙桥时，特意停了一刻，看了看管护站的木房子。她发现烟囱没冒烟，以为他们起得早，吃过饭了。看过烟囱，她就看桥下波光荡漾的金瓮河。阳光铺陈在水面上，她望见不远处有一对野鸭在波光里凫游，翅膀忽而热情张开，忽而紧张地闭合，也不知它们是梳洗呢，还是有意撩拨水面的阳光。

望着那对相依相伴的野鸭，德秀师父忍不住叹了口气。出家人无喜无悲，可她的叹息还是多。她怕慧雪师太和云果师父听到她的叹息，所以很想叹气时，她就走出娘娘庙，找一个对象叹气，比如一朵花，一团雪，一棵树，一片云，甚至叶脉上的一颗晨露。

德秀师父叹过气，越过桥，走向管护站的木房子。她故意走得动静大，脚踏地时"嗵嗵——"的，还不时用禅杖敲地，想让他们知道来人了。可是直到她走到门口，也没人迎出来。她敲了敲门，无人应答。她想他们也许去灌木丛喂鸟了，就将禅杖杵在墙根，坐在门前的木墩上，边歇边等。坐了一刻钟，仍不见人影，她觉得口渴，想着门也没锁，干脆进去先找碗水喝。

德秀师父拉开门，走向灶台，拎起水壶，晃荡一下，听到的不仅是水声，还有西南屋子传来的鼾声。她蹑手蹑脚走过去，悄悄拉开门，见张黑脸躺在炕上，睡得呼呼的。不知是昨夜炕烧得太热，还是他身上火力过旺，蓝花被子被他蹬在一旁。他穿着黄背心，绿裤衩，仰着头，叉着腿，摊开胳膊，像只大青蛙。那腿和胳膊肌肉发达，透出红松色，一点看不出是快六十岁的人了。

德秀师父除了自己的三任丈夫，没见过其他男人的睡姿。猛一眼看见这样的张黑脸，不自觉地联想起她那三个男人，他的躯体竟比他们都好。好在哪里呢？是肤色好，还是健壮，抑或他憨憨的样子惹人怜，似乎都是，又都不是。德秀师父觉得她这样看张黑脸犯戒了，在心里叫了声"阿弥陀佛——"，赶紧出去了。她也没敢喝水，怕弄醒张黑脸，彼此尴尬。她再坐回木墩上时，脸热心跳的，口更加渴了，但她只有忍着，等他自然醒来。

又过了半小时，九时许，木屋终于有了响动。先是脚步声，随之是咕咕的喝水声。德秀师父连忙起身，抖了抖僧袍。因为她这一坐，僧袍长了皱纹似的，弄出了许多褶痕。

张黑脸推开门，先抬眼看了看太阳，然后又看了看手表，很困惑的模样。当他收回目光，发现德秀师父立在一旁，吃惊不已，后退一步，指着她说："你是娘娘庙的师父，还是影子？"

德秀师父叹息一声，说："你这个人啊，咋大白天的冒鬼话呢。"告诉他自己来了有一会儿了，以为他和周铁牙去喂鸟了，便坐等他们。

张黑脸挠着头说："噢，影子不能说话，你是真的德秀师父。"

德秀师父说："俺倒希望是个假的，真的就不在娘娘庙里了。"

张黑脸一脸狐疑地望着德秀师父，他没听明白她的话。他说自己也不知咋了，一觉把太阳睡得这么高了。往常太阳没出，他就起来了。

德秀师父说："春困秋乏，也是常理儿。"

他们说话间，几只云雀"啾啾——"叫着飞过，张黑脸仰头看时，其中有调皮的，趁机投掷"炸弹"，把屎遗在他脸上。德秀师父见张黑脸满面狼狈的样子，忍不住笑了。

张黑脸对德秀师父说，他憋了一夜，得马上去干云雀刚干完的坏事了。德秀师父摆摆手，示意他行他的方便去。

张黑脸出了茅房，先打了盆水，把脸上的鸟粪洗掉。他对德秀师父说，停在木房子后面的小货车不见了，看来周铁牙进城了。

德秀师父说："他进城也不跟你打招呼？"

张黑脸说："进城跟拉屎撒尿差不离，平常事，用不着说。"

德秀师父说："那你刚刚去茅房，不是也跟我说了么。"

张黑脸道:"你是客人,我去哪儿得跟你知会一声。"

德秀师父觉得张黑脸说得在理儿,她赞许地笑笑,问张黑脸早饭想吃点什么,她帮他做。

张黑脸说:"你可不能碰这儿的灶台,净是荤腥,肮脏了你们娘娘庙的人,那可坏了。"

德秀师父说:"你这是打发我回去了?那你也不问问,平白无故的,我干啥来了?"

"对呀——"张黑脸拍了一下自己的脑门,问,"娘娘庙出了啥事?是不是白腰雨燕又回来坐窝啦?"

"你能记着白腰雨燕坐窝的事,看来记性又发芽了!"听德秀师父的口气,张黑脸的记性是枯树,现在它返青了。

张黑脸愣了一下,咕哝着:"我的记性死了吗,俺咋不知?我记着这些年见过的很多翅膀呢,白的,黑的,绿的,蓝的,粉红的,金黄的,俺的记性就没不活过。"

德秀师父呵呵笑出声来,说:"你咋跟俺一样,说自己时,一会儿是'我',一会儿是'俺',你到底是'我'还是'俺'?"

张黑脸让她给绕迷糊了，嗫嚅着说："我还是俺，俺还是我？"最后他似乎厘清了，一拍手说："我是俺，俺是我么。"

德秀师父也跟着拍了一下手，喝彩似的叫了一声"对呀——"，然后切入正题，说："今年来的不是白腰雨燕，是一种俺从没见过的大鸟！"德秀师父张开双臂，比画着，"它白身子，黑翅膀，腿脚红色，腿都快赶上俺胳膊长了，脖子也长，飞起来怪吓人的，带着风声。它们一共两只，一天到晚忙活坐窝。你猜它们把窝坐哪里了？"

"是白腰雨燕相中的地方？"张黑脸说。

"才不是呢。"德秀师父撇了一下嘴说，"它们猴精，把窝坐在了三圣殿顶的烟囱旁。你想啊，那里是娘娘庙的后身，清净，在烟囱旁还能避风遮雨，它们的后身就是山，哪棵树上有虫子都瞅得清，它们等于待在暖窝，守着大粮仓呢。"

"真是不假啊。"张黑脸说，"今年来了三对白鹳，有两对的窝，我都找到了，就这对没发现把窝坐在哪儿。看来俺猜对了，它们把窝坐在你们那儿啦！"

"你聪明啊，咋猜出的呢？跟俺说说。"德秀师父眨了一下眼睛。

"它们到河里吃喝玩乐时，是从你们那个方向过来的，走时又朝你们那儿飞去。这就跟你在娘娘庙一样，你每天从那里进出，铁定就是住在里面的人么。"张黑脸说。

德秀师父有点不高兴了，说："我从那儿进出，就是那儿的人了？"

"那是一定的。"张黑脸果决地说。

"那你每天进出茅房，难不成俺就得猜你住在那里？"德秀师父故意强词夺理，她想趁着周铁牙不在，探探张黑脸的智商，是否回升了。

张黑脸生气了，沉着脸回敬道："要是猪这么猜我，我不和它计较，你这么猜，我和俺，都不高兴！猪和姑子，咋能是一样的脑子呢。"

德秀师父受了奚落，反而欢欣鼓舞的，眼睛洋溢着愉快的光泽，语气也温顺了。她比画着告诉张黑脸，白鹳坐的窝，在三圣殿下面望去，比脸盆还大呢。这鸟真有力气，衔来的筑巢东西中，不仅有树枝、苔藓、败草和湿泥，还有小石子呢。它们的窝，比白腰雨燕的要牢靠多了！现在的问题是，它们老在三圣殿顶交尾，还发出"嘎——嘎嘎——"的叫声，实在是对佛的不敬。她们进出三圣殿时，都得等它们离巢才行。还有，它们竟吃让人作呕的老鼠。有一天云果去三圣殿添灯油，看见其中的一只衔着老鼠回窝，恶心得她直吐，灯油也洒了，不敢再去三圣殿了。她是想来问问，他们能不能帮个忙，给这大鸟挪个窝？

"慧雪师太让你来的？"张黑脸问。

"云果让我来的。"德秀师父实话实说，"慧雪师太说来者皆是缘，不驱赶，也不刻意留，随它们来去。话是这么说，可她也不怎么喜欢它们吧。以前她每日早晚，各殿都要走一遭的，现在她也不怎么去三圣殿了。你说这刚刚是春上，游人还不多。等过一段进香的人多了，三圣殿香火又是最旺的，看见它们这样，成什么话！"

张黑脸明确告诉德秀师父，这大鸟当年救过他的命，是神鸟，它身上的每片羽毛都有来历，不能端它们的窝。它们把窝坐在三圣殿，是这座殿的造化，菩萨心底喜欢，才会招来它们。鸟儿和人一样，造个窝不容易，他可不想做野蛮的拆迁者。再说它们一起睡过了，估计就要产蛋孵蛋了，他更不能让它们的后代，居无定所。

德秀师父听到他说它们一起睡过了，脸红了一下，她用手掸了掸僧袍，说："既然这么着，就算我白说。俺们出家人，本也不该管鸟儿的七情六欲。它们又没出家。"

"鸟儿咋出家？"张黑脸说，"它们要是剃了头，等于让人拔了毛，那多瘆人啊。"

张黑脸对德秀师父说，他得去喂鸟了。他撂下她，去粮仓舀了一盆谷物，端着去河畔了。德秀师父望着他坚实的背影，听着他"咚咚——"的脚步声，心底不知怎的涌起一股柔情，尽管张黑脸说不用她做早饭，但她很渴望为这个男人做顿饭。她进灶房，喝了碗隔夜的凉白开，生起火来。她察看了一下灶房的吃食，米面油盐一样不缺，北侧墙角的阴凉处，有鸡蛋、土豆、洋葱、萝卜和一把芹菜。德秀师父最会做疙瘩汤了，她切了洋葱，舀了一碗面，放在面盆中备用。然后用面碱，把铁锅刷得干干净净的，烘干，倒油，七八分开时，加入洋葱爆香，添了一瓢水。她盯着那些蔬菜，觉得它们不够新鲜，就把灶膛的火向外撤了撤，出了门，拎起禅杖，去桥下采刚生出来的水芹菜。她刚才路过时，看见了一片。

　　德秀师父还没到走路需要拐杖的年纪，但她只要独自出娘娘庙，就要拎着它。禅杖于她来说，用途多了。雨水大时，山间会涌现溪流，她蹚小溪时，可试水的深浅；走路若遇见蛇和野狗，能做捕蛇器和打狗棒；看见高处够不着的稠李子，能打落枝丫，轻松吃到野果；还有，万一碰到心怀不轨的人，可把它当武器；还有，她觉得慧雪师太赐她的禅杖，法力无边，如遇危难，能逢凶化吉。

　　德秀师父采水芹菜时，远远望见了张黑脸。他蹲在河畔，看着河面的野鸭。等她采完野菜，两只白鹳从娘娘庙方向飞来，她想这一定就是在三圣殿坐窝的夫妻了。它们悠然落在金瓮河上，不用说，那样的翅膀扑打出的涟漪，会像礼花一样绽放。

　　张黑脸喂完鸟回来时，德秀师父已做好了疙瘩汤。她打了两个鸡蛋兑在面里，所以搅和的面穗，既筋道又漂亮，像一颗颗琥珀。德秀师父把盛在海碗的疙瘩汤放在灶台上，唤他吃饭。张黑脸客气了一句，抓起筷子，呼噜呼噜，很快把它消灭了。吃完舔了舔嘴唇，忽然抱着头呜呜哭了。德秀师父从未见他哭过，吓了一跳，她用禅杖敲了敲地面，说："做得不好吃，你也犯不着哭呀。你说我何苦给你做这顿饭，惹你伤心呢。"

张黑脸抬起老泪纵横的脸，抽抽噎噎地说："俺好多年没吃过女人做的饭了，真是好吃得让人受不了啊。"说完，哭得更凶了。

德秀师父听了他的话，又喜又怕。喜的是他认可她的厨艺，女人被男人夸饭做得好，就跟他们夸自己好看一样受用；怕的是张黑脸过于感动，非礼于她，毕竟他的脑子和常人不一样。德秀师父没说什么，她用禅杖轻轻叩了一下张黑脸的背儿，算是安慰和道别，放开大步回娘娘庙了。在过桥的时候，她停顿了一刻，反身望了一眼管护站，叹息一声，这次她的叹息对象，是木房子中哭泣着的张黑脸。

张黑脸哭够了，洗了碗筷，又洗了脸，给水缸压满水。管护站和娘娘庙的洋井，都是专业的打井队打的。洋井的井头和压杆的形态，特别像一只单脚立着睡觉的白鹤。因为采用活塞式抽水机，每次压水前，得先向井头注些清水来引水，这样深处的水，随着压杆的运动，会从铁管中直线上升，喷涌而出。管护站的洋井，打了七八米就见水了，而娘娘庙的洋井，据说打了十多米才有水。越深处的水越好喝吧，张黑脸每回在娘娘庙喝水，总觉得那儿的水，比管护站的甘甜。

德秀师父走后，张黑脸突然觉得有些孤单，以前他是没这感觉的。他想多找些事情做，打发时光。他先淘了茅房，将粪肥用土培上，预备追肥用。回到管护站后，他已将茅房旁开出的那片地，种了各色蔬菜。现在菠菜和小白菜已经出苗了，前日泡在碗里的花豆角籽，也要发芽了，他淘完茅房，便用镐头打了两条垄，预备种豆角。做完这些活儿，他仍觉心里没着没落的，就把自己胡乱卷起的被子，重新叠了一遍，将炕和地，都扫了一通，又将木屋前的空地扫了，然后盯住德秀师父坐过的木墩，凑上前去。那是个半米直径的榆树墩，好几十年的树龄了，木墩被磨得光滑平整，但它的年轮清晰可见。仿佛这里也有鸟儿飞过，那一圈环绕着一圈的年轮，就像水面泛起的涟漪。张黑脸抚摸着木墩，不知是太阳晒的，还是德秀师父身体的余温犹在，木墩热乎乎的，令他想入非非。但他很快意识到这样对待一个尼姑不好，这不等于摸人家的屁股吗，连忙离开木墩，继续找事做。

张黑脸去了储藏间，打算拿须笼去河里捕点杂鱼，晚上炸鱼酱吃。他进了储藏间，看见周铁牙做的网笼，心想也不知它们下水后，能不能逮着鱼，打算试试运气。他拎起网笼的时候，一片浅褐色的羽毛，像林间秋叶一样飘落下来。他一眼认出，这是斑背鸭的羽毛！难道周铁牙用它捕了野鸭？想想他刚才去河畔喂鸟时，发现今日出现的野鸭，确实比往日少，而且瞅着也不那么活泼，他的心阵阵下沉。

张黑脸走出木屋，攥着鸭毛，坐在木墩上，等着审问周铁牙。他没想到，这一坐就是一夜。

8

周铁牙载着蒋进发经过检查站时，是早上七点的光景。他们一起在平安大街的口口香饭庄吃的早点，那儿的油条和豆腐脑，烧饼和羊杂碎汤，以及芥菜咸菜，价廉物美，把半城人的胃给拴住了。瓦城很多上班族，都喜欢去那吃早点，吃完顺路就上班了。

平安大街的前趟街是福照大街，瓦城林业局党委和政府、公安局、法院和检察院，以及财政局、建设局和水利局都在这条街上。而平安大街后趟街的七星大街，也是显赫的一条街。人大、政协、民政局、社保局、司法局、营林局、教育局、农委、瓦城一中和瓦城人民医院，均设于此。夹在这两条街道之中的平安大街，就像汉堡包中间的肉饼或香肠，倍受青睐。

平安大街有四家商业银行的业务网点和两家邮局，这里商铺林立，饭店、旅馆、药房、照相馆、干洗店、五金店、服装店、首饰店、鞋铺、食品店、理发店、按摩院、洗脚屋、房屋租赁中心、婚庆公司、装修公司、电脑维修中心、汽车修理铺等等，应有尽有。这条烟火气十足的街，也成了瓦城人气最旺的街。初来的候鸟人到了瓦城，想买什么东西而不知去哪里，向当地人问询时，他们多半会说，去平安大街吧，那里要什么有什么！

周铁牙在平安大街花一百二十元，给老葛买了件藏蓝色夹克衫。路过检查站时，本想给他，可老葛不当班。过了检查站后，他想幸亏老葛不在岗，万一给他夹克衫了，势必引起检查站其他人的怀疑，揣测他们之间有猫腻。再说蒋局长在旁，他送礼物给一个值岗的，他也得怀疑他有短处被老葛攥着。管护站的短处能是啥？脱不开野生动物干系。这样一想，觉得休班的老葛真是甜和他，他打算下次回城时约他喝点小酒，顺便把夹克衫送了。周铁牙心生愉悦，忍不住歪头冲蒋进发笑了笑。

蒋局长见他如此开心，问："啥事让你这么高兴？"

周铁牙说："领导光临管护站指导工作，我脸上有光啊，您没看太阳笑着，达子香花也笑着，我估摸今天金瓮河上的各种鸟儿，知道您去，肯定一早也打扮上了，我能不笑么。"

蒋局长说："周站长真是越来越会说话了，你外甥女，哦，我该叫罗局长的，她那么会来事，随你吧？我看她不像她妈，前连天我在早市碰见你姐，跟她打招呼，她就是点点头。"

"咳，她就那么个人，打小脸上就没个笑模样。不爱笑到底是不好啊，老早成了寡妇，子女再出息有啥用？心里是孤苦的。别说是你了，我知道她该从深圳过完冬回来了，昨天回城特意抽空去看她，她跟我也没几句话。不知道的，还以为她仗着闺女当官，跟人爱理不睬的呢，其实她天性就这样！"周铁牙说。

"是啊，罗局长就不这样。漂亮不说，脾性还好。见着我们这些比她长一辈的下级，也从来都是不笑不说话的，特别亲民。她是瓦城最年轻的副处级干部，大家说她很快能提到正处。到了正处，再上一步，是轻松的事！都说市委方书记特别赏识她，咱瓦城一把手去市里汇报工作，都得跟秘书预约排队，可罗局长去方书记那儿，从来不用打招呼！方书记秘书出来都说，罗局长一去，方书记能高兴好几天！"蒋进发说完，才意识到这样拍马屁等于揭人疮疤，赶紧往回收，说，"外人传的话，也未必准。还说罗局长去市里时，晚上陪方书记去看专场电影，谁信呢。"

周铁牙看了一眼蒋局长，面有愠色地说："嘴长在别人身上，谁不怕说瞎话烂嘴就说去吧！玫玫可不是那种人，她和丈夫好着呢。"说完，按了几下喇叭，似在抗议。

蒋局长没想到自己连说错话，看来真是老糊涂了，该退休了。他也奇怪，自打这两年爱好上风光摄影，太钟情于大自然吧，他与人交往时常冒傻话，连他老婆都说他现在脑子坏了，建议他去医院做个脑核磁检查，看看是不是脑萎缩了。

蒋进发嘲讽自己，说："我真是该早点回家了，现在脑子一团糨糊，快成张黑脸了吧！"

"张黑脸今年脑子可比往年活泛多了。"周铁牙说。

"怎么讲？"蒋局长饶有兴味地问。

"他知道给尼姑献殷勤了。"周铁牙说，"这次回管护站，还特意带了自己腌的雪里蕻，送给她们炖豆腐吃呢。"

"人类的自然属性使然啊。"蒋进发慨叹着，说，"这两天我在管护站，也想顺路拜拜娘娘庙呢。你想啊自古以来，不论是当官的还是做百姓的，哪有不磕头的呢！"

"就是。"周铁牙说。

蒋进发又说："说起张黑脸来，他闺女可不像他那么窝囊，张阔太厉害了！你们在管护站，不知道前几天她大闹公安局的事情吧？"

周铁牙一愣，说："昨晚也没听我老婆说起，咋回事呀？"

蒋进发说，春节后盗采达子香的行径屡禁不止，进山的检查站形同虚设，人们从山中小道绕过它，照采不误。政府无法追查源头，就去物流公司排查，看看是哪些人把达子香，批量运往外地。结果发现最大的单，都来自张阔。擒贼先擒王，公安局森保科的人，就去她家把她带走了。张阔怎么着？她接受询问时，说花是被她收购的不假，但不是她采的。也就是说，如果采达子香的人犯罪了，她顶多是包庇罪。警方让她说出是哪些人采的达子香，张阔拒不交代。理由很简单，她说采达子香的，都是生活中最穷困的人，有钱有势的，谁会挣这点辛苦钱？还不够人家塞牙缝的呢。她还说采达子香运往大城市，这是扶贫。大城市人看上去光鲜，可过得不痛快，精神空虚，这也是贫穷。他们没养过这样有生命力的野花，所以对达子香有需求。山里人抚慰了城市人的灵魂，是不是扶贫呢？她还指出最关键的一点，说是野生植物保护条例里，只说不能采集珍贵野生树木，以及林区内草原上野生植物，可它并没有说达子香不能采，既然法律没明确规范，采它就不违法。总之她认为自己是个遵纪守法的公民，被公安局带走，侵犯了她的公民权。森保科的人被她噎得没反击能力，最后想低调处理，罚她两千块，让她走人。可张阔说她没违法，罚她没依据，坚决不从。再说她和丈夫都没正式工作，还要养活孩子，属于政府该救济的人群。森保科的人知道碰到难缠的人了，就降了一千块，说罚她一千元，结果怎么着？她将绒衣和胸衣唰唰脱掉，露着两个大奶子，说她身上最富裕的就是它们了，看它们能值多少钱，割去抵钱！这一招可把所有审她的人，都吓得快成她爹张黑脸了，没一个不呆的。她的乳房又大又白又嫩又挺，审她的人傻傻地看了好半天，才一个个走出审讯室，唤一个女警去帮她穿上衣服，把她放了。不放咋办？她啥招都敢使啊。张阔没事了，可审她的两个男人，家里就不太平了。他们回家说与老婆，说同样是女人，人家张阔咋就那么像女人呢，你们咋这么干瘪呢？结果他们的老婆闹起来，说丈夫是流氓，她们找公安局的领导，说工作场所成了色情表演场所，领导得负责任。这次行动没治了张阔，公安局自己倒添堵，这事传出来后，老百姓乐啊，都夸张阔有能耐呢。

蒋局长讲完故事，叹息一声说："以前我还以为干公安的男人，荤素不吝，这件事让我明白，他们还真挺素的，没开过大荤呢。就说张阔那样的奶子，在瓦城的按摩院和捏脚屋，不难找吧？"

"他们哪有蒋局长见多识广——"周铁牙嘻嘻笑了。

蒋进发一拍大腿，说："你看，我跟你说真话，你倒又把我绕进去了。我也是听说，那些地方我是不去的。我就是不约束自己的话，官职也约束着我呢。再说这小城又不大，去那里谁认不出你来？"

周铁牙说："所以啊，人家说你们这些当领导的，最喜欢出差了，在外地进个洗浴中心，叫个特殊服务啥的，没人知道你是谁。"

"就你懂得多！"蒋进发赶紧转移话题，问，"说说你咋叫周铁牙的？最开始大家以为这是你的外号呢，谁想本名就是这儿。"

"我的名是我娘给起的呢。我娘也是个命苦的人，她怀的第一个孩子是男孩，刚生下不到一礼拜，就死了。第二个才是我姐，也就是罗玫她妈。生了我姐之后呢，我娘再怀一胎，六个月时流产了，又是个男胎。所以她平安生下我这个带把的，怕阎王爷再把我收了去，就叫我铁牙。意思说我有铁齿钢牙，什么小鬼来了，都会把它们嚼得稀巴烂！"周铁牙说完，故意咧着嘴，让蒋局长看他的牙，说，"我娘这名字取得也真灵，我这五官还真没出彩的，您看啊，小眼睛，肿眼泡，薄嘴唇，眉毛又浅，不好的我都占全了，就是这口牙，我是又抽烟又喝酒的，又爱吃甜食，可它们全是我的心腹，一颗不缺，没有虫蛀，嚼石子都不在话下，颜色还白，您说奇不奇呢？"

早晨往来的车马少，阳光照得人心里又暖，砂石土路虽说偶有坑洼，但二百多里的路并不算长，他们一路谈笑，两个多小时后，到达管护站。张黑脸拈着一片鸭毛，正坐在木墩上。见到熟悉的车子停下，他沉着脸走过来，也不顾蒋进发在旁，把鸭毛插进周铁牙的鼻孔，郑重宣布，以后管护站的站长不姓周，姓张了。周铁牙被罢免得莫名其妙，拔出鼻孔的鸭毛，嘲讽地说："你这是犯病了吧？让不让我做站长，蒋局长说了算啊，你可没权免我。"

张黑脸喘着粗气说："俺等你一夜了！储藏间网笼挂了鸭毛，谁都知道，那间屋窗户和门都关着，野鸭飞不进来。网笼是你做的，俺没用，你用了，它干了啥，你说说看呐！我和俺，不能答应你这么干！你不是站长了，哪有站长晚上不回管护站的！"

周铁牙心里的鬼被张黑脸捉住了，脸色就很难看，难道自己没清理干净网笼？好在张黑脸精神异常尽人皆知，他说的真话，在别人听来也一定是胡话，所以他回避张黑脸富有杀伤力的前半句话，只对后半句做出回应，说："不是我不想回管护站，是蒋局长不让啊。"他转而对蒋进发说："局长大人，您瞧瞧，我说夜里不回来不行吧，房子倒是没点着，可张黑脸不认我这个站长了！"

蒋进发笑眯眯地说："那就让张黑脸当站长！张站

长，你先给我们烧壶水，泡点茶，走了一路口渴了。"

张黑脸"唔——"了一声。

周铁牙见他答应了，并没有像他想象的，做了假想的站长后，就不听吆喝了，心下舒了口气。周铁牙又追加吩咐："泡完茶，赶紧卸货。今儿拉回了候鸟最爱吃的东西，还有咱们的美食！"

张黑脸问："是啥？"

"候鸟除了粮食，还有小鱼小虾！一会儿它们还不得抢疯了？"周铁牙接着说，"蒋局长慰问咱们，带来的好吃的好喝的多着去了，高粱酒、啤酒、烧鸡、烤鹅、熏鱼、香肠，还有豆腐干、皮蛋、杏仁饼、豆沙包、麻花、糖饼，两三天咱都不用做饭！你只需采点野菜，焯了蘸酱做配菜，不然没素的，太荤了也不行！"

张黑脸很没出息地用舌头舔了舔唇，问："他来住几天？"

蒋进发正往木屋走，听见他问，回头逗弄张黑脸，说："你现在是站长了，张站长让我住几天，我就住几天！你要是不乐意我住这儿，晚上我卷着铺盖去和候鸟睡么。"

张黑脸把玩笑话当真了，他郑重其事地说："那可不行，人家候鸟可都是一对一的夫妻，正是下蛋的时候，你掺和进去，万一下个隔路的蛋，孵出来的东西，人不人，鸟不鸟的，那可咋办？"

蒋进发笑翻在门槛上，磕着腿了，"嗨哟——"叫着；周铁牙笑得右侧颞颌关节脱位了，他哼哼着，用手托着下巴，嚷着："噢，我的挂钩，我的挂钩可别废了！"

张黑脸见他们笑成这样，以为他们没听明白他的话，进而教育蒋进发，说他要是和候鸟睡了，那等于拆散一对有情人。

蒋进发扶着门框颤巍巍地站起来，说："就是，老话说得好，宁拆一座庙，不毁一桩婚。卑职谨记。"

"婚不能拆，庙也不能毁！"张黑脸面有愠色，说，"娘娘庙的尼姑，到时去哪儿住呢？她们出了家，庙就是家了。没了家，她们咋办？"

周铁牙忍着痛，也忍着笑，好不容易把挂钩推上去了。他快走几步，把蒋局长扶进屋，搬来管护站最好的一把榆木靠背椅，狗一样蹲下来，用衣袖将椅面擦了擦，请局长坐下歇歇，自己赶紧生火烧水。从灶坑看出，张黑脸所言不虚，他真是在外面守了一夜，因为灶灰是冷的，看来早晨没生过火，他还没吃早饭呢。周铁牙生起火后，先把那片鸭毛烧掉。以他对张黑脸的了解，没有这片鸭毛撩拨，他对网笼的疑虑，将很快消除。

蒋局长跟周铁牙说，他看春晚的相声和小品，也没这么快活过。跟张黑脸待在一起，乐子多，管护站又清静，空气好，有好风景可拍，他打算多住几天。

周铁牙说："您就安生住着，我给您当伙夫！张黑脸给您当服务员，叠个被褥，洗个衣服啥的，他做得都好！"

张黑脸抱着几块劈柴进来了，他见周铁牙干了他该做的活儿，有点不知所措。周铁牙说："张站长，不用你烧水了，你去卸货吧。是不是早饭还没吃？"

"从昨天到现在，我就吃了一顿疙瘩汤，德秀师父做的，那个好吃哇。"张黑脸无限陶醉地说。

"啥——？"周铁牙瞪着眼睛，站起身说，"灶也没坏，你咋又去娘娘庙吃斋了？"

"是德秀师父来这儿找俺，神鸟在娘娘庙坐了个大窝，她们想让我去给挪个窝，俺没干。饭是她主动给做的。"张黑脸如实说。

"她除了做饭，还干啥啦？"周铁牙不怀好意地问。

"没干啥，她做完饭就回了。"张黑脸顿了一刻，回忆起了自己因饭而感动落泪的事儿，可他没把这段讲给周铁牙。

张黑脸去卸货，周铁牙和蒋局长一边说话一边烧水，待水沸了，泡了茶，半小时后，喝足了茶，却没见张黑脸出现，更没听见门外动静。蒋局长摆弄照相器材时，周铁牙赶紧出去，一探究竟。

箱式小货车的后箱门开着，周铁牙走近时，听见了呼噜声。他跳上货箱，发现张黑脸仰面躺在箱板上大睡，他满嘴酒气，正做着美梦吧，不时发出快意的叫声。他的旁边，是一堆啃得光光的肉骨头、蛋壳碎屑以及空酒瓶。周铁牙察看了一下，他喝掉了一瓶高粱烧酒、两瓶啤酒，吃掉了一整只烧鹅、两个皮蛋和三个豆沙包。周铁牙想烧鹅是蒋局长的最爱，他将整只吃掉，实在可恶！周铁牙恼怒地踢了他一脚，骂："猪，起来——！"

张黑脸哼了两声，放了一个响屁，算是回答。

9

蒋进发在管护站待了四天了。不用上班，不用应对各种文件和会议，他逍遥自在，无比舒畅。太阳成了他的令牌，他的行动依它而行。他凌晨四点多起来，洗漱完毕，守在金瓮河畔，拍日出和候鸟。早饭后喝过茶，就去溪流、草塘、沟谷、林间，拍溪流中的游鱼，草塘中的野鸭、白鹳，沟谷里摇曳的野花，林间的各色树木，以及出现在他视野中的多姿多彩的鸟儿。到了黄昏，太阳离去之际，他仿佛是与情人离别，万般不舍，把它每个下坠的瞬间，都抢拍下来。夕晖散去，他和他的镜头被送入黑夜，他这才回木房子吃饭歇息。几天下来，已拍了五百多张数码照片。管护站不能充电，他又喜欢在相机中回看作品，所带的三块电池，两块能量耗尽，最后这块也奄奄一息了。他打算着去娘娘庙拜拜菩萨，拍拍三圣殿上白鹳的巢穴后，就回城了。毕竟单位还有一摊子事，他在管护站考察时间过长，也恐遭人非议，他可不想退休前惹麻烦。

周铁牙陪了蒋局长几天，疲累至极，想到还得专程送他回去，所以蒋局长去娘娘庙，他唤张黑脸陪同。

蒋进发也喜欢与张黑脸同行，他太有趣了。他见蒋进发的镜头始终追逐日出日落，对月亮不感兴趣，便说他这是怕老婆，万一拍了光溜溜的月亮回去，给她看见，还不得闹翻天啊。在他的意识中，月亮就是女人。再比如他跟着蒋进发一起看相机里的候鸟图片，看得多了，他就很担忧，说相机里圈了这么多的鸟儿，要是它们都飞出来，是不是会把相机撞碎了？

张黑脸去娘娘庙前，特意换了衬衫和袜子，还采了一篮野菜提着，想让娘娘庙的师父们焯了蘸酱吃。可他们刚要出发，一辆救护车驶入管护站。车停下后，三个幽灵似的人走出来。他们穿白服，戴白帽，脸上遮着严严实实的口罩，吊孝似的，没开腔时，都辨不出男女。

"蒋局长怎么也在啊——"其中一个高个子的说话

了，瓮声瓮气的，是男声。蒋局长从声音、眼睛和身形上，认出他是卫生局的副局长郭顺。

"顺子咋到这来了？还武装成这样，怪吓人的。"蒋局长说。

蒋局长与郭顺的父亲郭奎是老相识，郭奎刚从瓦城林业局党委副书记的岗位退休。退休前他利用权力，将一儿一女都提拔了，女儿在瓦城二中当校长，儿子郭顺在卫生局做副局长。所以郭家在瓦城，是风光之家，也是被老百姓诟病之家。

三人下了车，只向前走了几步就停住了，没靠近他们。

郭顺先是介绍与他同来的另两人，防疫站的小王，医院传染科的小李。他说瓦城发现了疑似感染高致病性禽流感病毒的患者，正在医院隔离抢救。初步调查，与患者接触过迁徙的鸟类有关。所以政府紧急下令，对管护站进行暂时封闭。

小李问管护站的三个人，有无不适症状？诸如发热、咳嗽、头痛、胸闷、肌肉酸痛等。蒋进发先说他一切正常，腰腿倒是有点酸痛，那是因为这几天他在管护站周边走了走，累的。周铁牙也说自己没生病的感觉，早餐还吃了两碗面条呢。轮到张黑脸，他说自己昨晚出去撒尿，回屋时头撞在门框上，有点头痛。

接下来的是防疫站的小王，询问候鸟有无异常和死亡情况的发生。蒋进发周铁牙同声说没有，张黑脸想了想，说今年候鸟爱往人脑袋上拉屎，他已被击中好几次，看来鸟儿学坏了。他的话虽然可笑，但大家都笑不起来。

来人都是男性，他们初步了解情况后，开始将消毒水之类的防疫品搬下来，告诉他们如何配比和使用。他们还给管护站的人配备了口罩和体温计，让他们每天三次测量体温。交接物品的时候，郭顺反身从一棵杨树上掰下数根细小的枝丫，将它们连成一条直线，横在地上，说是分界线，在隔离期间，他们不可越界。投送物品，就放在这条线上。政府考虑得也算周到，带来的除了消毒水、体温计、常规药品，还有方便面、饼干、火腿肠之类的食品。

蒋局长被他们这阵势搞得有点紧张，他说自己视察完工作，该回城了，可否搭他们的车回去？就是隔离的话，他在家自行隔离不好吗？郭顺很认真地回答他，政府已启动突发公共卫生事件的四级响应预案，疫源地人员，在隔离期间，一律不许外出。不仅是这儿，就是娘娘庙，这期间也不许人员流动，已有另一台车去那儿防疫了。这几天他们会守候在此，一旦候鸟和人有异常情况发生，他们会及时上报，做应急处置。他宽慰他们，说不必过于紧张，也许三五天后，警报就解除了，他们权当是在疗养。

周铁牙说："你们都不敢靠近我们，这病有那么邪乎吗？消毒应该是你们防疫人员该做的事吧？"

"我们可以帮助你们消毒，不过你们得拎来一桶水。"小王说。蒋局长说："看来你们就住在外面了？"

"是的——"郭顺说，"有任何情况就喊我们。"

张黑脸吐了一口痰，说明后两天有雨，住在外面会挨浇。

郭顺问张黑脸："这里收听不到广播，你咋知道要有雨？"

"他是张黑脸嘛。"周铁牙说，"你不会没听说过他吧？他闺女张阔，我记着和你是同学呢。他不用看天上是不是有钩钩云，不用看水缸冒不冒汗，不用听蛤蟆白天叫不叫，就能知道雨来不来，服气吧？真的气死气象站做天气预报的人。"

郭顺说:"有雨的话也没事,我们住救护车里。"

周铁牙说:"其实管护站有两铺炕,一铺炕能睡两三个人呢,挤下你们没说的。可你们怕我们有传染病,那就不强求了!"

"这也是出于安全考虑嘛。"郭顺嫌喘气不匀吧,或是为了表达诚意,他摘下口罩,露出一口黄牙,说,"把疫情降到最低,感染人数越少越好。"

蒋局长问:"现在有多少人感染了?有死亡的吗?"

郭顺说:"多少人感染禽流感,数字我还说不太清。死亡嘛,目前还没有,但这是随时可能发生的事。"

"是谁让候鸟给传染上病菌了?"蒋局长再问。

"是啊,我也想知道,谁得了这病了?"周铁牙担忧地说,"这个鬼地方不通电话,家人就是出了事我们也不知道。有没有我们的亲人和朋友呢?"

郭顺显然不想把实情说与他们,含混地说:"都是候鸟人。"

"候鸟人啊——"蒋局长摊开双手,无所谓地说,"跟咱没关系。"

郭顺"唔——"了一声。

蒋局长说:"对了,你爸退休后,冬天不也去海南岛了吗？他也是候鸟人了，没事吧？"

郭顺说："没事，他刚飞回来，在那儿天天泡海澡，快成黑人了！"

周铁牙听说，蒋局长虽没随潮流，像郭奎之类的官员在南方沿海之地买房，但他女儿在秦皇岛结婚后，他在那儿也有房了。别人问起，他总说那是女儿女婿孝敬他们的。但知情人说，蒋进发女儿的婚房和他自己的那套，都是蒋局长掏的腰包，只不过为安全起见，登记在女儿名下而已。他女儿女婿都是工薪族，大学毕业没几年，哪来积蓄购房呢。瓦城老百姓也看得清楚，当地那些有点实权的领导退休后，很少就地养老，纷纷南飞，似乎不在外地拥有一套住房，在官场混了一遭，就是旧时代的妓女揽不到嫖客，好没脸面似的。他们买房的钱哪里来？大家也都心知肚明。所以现在的官衔在某种意义上，快成了房产的代名词了。

不能去娘娘庙，又不能回城，蒋局长只好回屋喝茶，百无聊赖地睡了一觉。他醒来后，闻到一股浓烈的消毒水气味，出屋一看，周铁牙戴着口罩，正喷洒着消毒液。蒋进发问他，张黑脸哪去了？周铁牙说防疫站的人说茅房容易滋生病菌，是危险的传染源，让他去给茅坑垫生石灰杀菌。张黑脸一开始嫌这活儿脏，周铁牙便喊了他一声"张站长"，说危难关头，领导总是冲在最前面的，张黑脸听了受用，和颜悦色地去了。

蒋进发叹了口气，说："呆人总是好糊弄的。"

太阳明媚地照耀着山林和河流，空中不时传来鸟鸣，一切都是那么和谐安详，看不出疫病的迹象。但院子里那条用杨树枝丫做成的分界线，却分明告诉他们疫病的存在。杨树叶在早晨还青翠欲滴的，像一颗颗心形的翡翠，现在太阳把它们照得蔫软，像褪掉了翅膀的蝶儿。

蒋进发本想把相机中最后那点电量消耗掉，去河畔再拍一些候鸟嬉戏的照片，但他现在不敢涉足那里，怕它们真的携带病菌。再说如果隔离时间长的话，极其无聊时，他可回看一下自己的作品，得把电当救命的干粮存着，用在关键时刻。他开始骂电力和通讯部门，全是吸血鬼，在管护站建立之初，他们就协调这两大巨头，希望把电网和通讯网延伸到这里，可他们提出的建设成本实在太高，政府负担不起。蒋局长以为松雪庵建成后，这两大难题会顺势而解，因为没有电力和通讯的保障，很难吸引香客，可他最终还是失望了。他听说松雪庵的住持慧雪师太，还很喜欢这样的环境呢，说这才有庙的气象。他想出家人早已修炼得能把黑夜当黎明，把风声当美乐来欣赏。而他一个俗人，没那么高的境界。比如眼下，他想的就是个人安危，万一疫情蔓延，自己不幸被击中，一命呜呼，那可太冤啦。因为他提心吊胆贪来的钱所购置的房子，未及享用呢。

周铁牙喷洒完院子，又去给木房子喷消毒液。他见蒋进发眉头紧蹙，一脸愁苦的，心下同情，从储藏间找出一只风筝，说："人不能越界，风筝可以啊，谁能在天上划界呢。去院子放放风筝，散散心吧。"

"我要是去放风筝，在它飞得最高时，就把风筝线剪断，给它自由！它想去哪就去哪儿。"蒋进发说。

"风筝一自由，就是死了，可不能把它的线剪断了。"张黑脸已经垫完茅房回来了，他戴着口罩，头发蓬乱，额头是汗。见蒋局长因他的话而一脸疑惑的样子，他解释说，断了线的风筝，哪有好命的呢，不是挂在树梢上，就是落到沟谷和河流上，反正就是个死。而它们不脱离风筝线板，才会活着。

蒋局长说："照你这么说，有线牵着，反而安全？"

张黑脸嘿嘿笑着，点头认同。

周铁牙听见张黑脸和蒋进发的对话，跨出门槛，说："他说得倒有道理，我冬天回家上网，整天在网上瞎逛。看新闻的时候，发现各地抓的贪官，有好多是退休后的干部呢。原以为离开了工作岗位，万事大吉，现在看来可不是喽！退了休，没了关系网，倒是不行哇。"

蒋进发没有好气地说："放个风筝，你们咋那么多联想！"

周铁牙这才意识到失言，他摘下口罩，想给蒋局长一个笑脸，可他送去的笑很干瘪，蒋进发瞪了他一眼。周铁牙尴尬地戴回口罩，回屋接着干活去了。

张黑脸端着谷物去喂鸟时，蒋进发先是阻止，说候鸟身上可能携带病菌，万一感染了，大家都遭殃。见张黑脸置之不理，只好让他去，怕他嫌闷摘下口罩，叫了他一声"张站长"，夸他戴口罩英俊，告诫他身为领导，在疫区戴口罩是以身作则，千万不要摘掉，张黑脸"唔"了一声。蒋进发又嘱咐他不要靠近候鸟，投完谷物就回来。

蒋进发还是少年时放过风筝，当他轻摇风筝线板，看着苍鹰形态的风筝徐徐升空，竟有一种回到童年的感觉。微风助力，风筝越飞越高，像真的苍鹰在展翅翱翔，这也让一些鸟儿发出惊恐的叫声。蒋进发心想，天空也不是绝对的自由，鸟儿中也有霸主，谁越凶残，谁越能拥有广阔的天空。待风筝走到半空，他掏出指甲剪，剪断风筝线。他在心里跟自己打了个赌，如果断线的风筝落在地上，说明他安然无虞，不会染上疫病；如果它不幸落在树梢上，半空吊着，就要想方设法逃离这里。他的目光追逐着断线的风筝，它先是飘飘摇摇地飞得更高了些，接着发了高烧似的，迷迷糊糊地下坠，最终离地面越来越近。蒋进发祈祷它落在草地或是金瓮河上，谁知一阵疾风，把它吹回管护站，跌跌撞撞地落在救护车上。待在里面的人感觉车棚受到冲击，以为地震，纷纷下车。蒋进发告诉惊慌失措的他们，是风筝落在上面了。郭顺批评他，说是风筝升空，与飞鸟有接触的可能，这是危险行为，切不可再做莽撞之事。蒋进发火了，说你们本该配合我们防疫的，可现在你们成了看管罪犯的警察，就差给我们戴上镣铐了。我们真要发病的话，以你们的冷漠和自私，是不可能把我们送进城里救治的，那么是不是你们怀揣了密令，一旦我们染病，就让我们死在这里，把我们和管护站一把火烧掉，毁尸灭迹，以保瓦城的安全？

郭顺被蒋进发的话吓着了，他慢慢走向蒋局长，伸出手来，试图握手的样子，可他走到树枝做成的分界线时，还是站住了，手也收了回来，他说："蒋局长，相信科学，这只是防疫，万一你们真的染病，我咋能见死不救呢！候鸟活动的地方，除了这儿，还有娘娘庙，您说我们就是敢烧了这儿，谁敢下令烧庙呢，那不是触犯天条，干着让自己下地狱的事么！"

蒋进发想想也是，有时政府因医疗条件差，或是怕疫情扩大行政问责，对突发传染性疾病反应过度，也是可以理解的。郭顺劝他好好休息，缺什么就召唤他们。蒋进发仍然疑惑，说你们不用管护站的炉灶和茅房，吃喝拉撒自行解决，是不是确认管护站已不是安全之地？

郭顺笑了两声，说："蒋局长，我都说过了，就是一种防疫形式，不算啥！您看，天不是很蓝么？我见鸟儿也都挺快乐地飞来飞去，应该没问题的。只是上头有精神让我们这么做，我们执行就是了。要是快的话，也许三天就解禁了。"说完，嘱咐同伴戴上手套，将救护车顶棚上的风筝取下来扔掉。

蒋进发说："要是候鸟能传染疾病的话，你们咋不阻止张黑脸去喂候鸟？"

郭顺说："他去了吗？我们嘱咐他这几天不能去的，他也答应了。"

"他是呆子，你让他移山，他都能学愚公，立马就去劈山！"蒋进发说，"要是他传染上疾病，再传染给我，回去跟你们没完！你们躲在救护车里，是不是在喝酒打牌？这叫渎职！"

郭顺显然不高兴了，他不敢跟蒋局长叫板，刚好张黑脸回来了，就把一肚子气，撒在他身上，说："哎，告诉你不要去喂鸟，你怎么还去！不懂人话么。再这么干，我就把你绑起来了！"

蒋进发从郭顺的态度上，感觉到疫情重大。所以他回到木房子后，也不管周铁牙怎么想，把罐头、饼干和瓶装矿泉水，搬进自己住的屋子，打算在隔离期间，少与他们接触。他还想幸亏自己没吃野鸭，前天周铁牙私下跟他说，等张黑脸睡熟了，逮只野鸭给他炖了吃。他虽馋野味，但不想有把柄落在下属手里，再说他知道张黑脸爱惜鸟儿，万一夜里他醒来发现他们杀野鸭，也许会抢起斧头，劈得他脑浆迸裂。张黑脸精神异常，也不负刑事责任的。以蒋进发有限的医学知识，他想瓦城的禽流感既然与迁徙而回的候鸟有关，那么一定是有杀戮行为发生。会不会是周铁牙偷运候鸟进城，致使食用者感染了疾病呢？蒋进发想探问一下周铁牙，但想他真这么干的话，也不会说实话，反倒引起他的怀疑和恐慌，大可不必。他批评自己，不该跟断了线的风筝打赌，那个赌不能算数。他在心里暗暗打了另一个赌，对保护区的所有候鸟做出承诺：如果你们不传染给我禽流感，我安然回城，管他谁的亲舅把持这里，一定要把威胁你们生命安全的隐患排除，给这里增加疼爱你们的人手，多个给你们放哨的，让你们摆脱被杀戮的命运。

太阳落山后，天果然阴了起来。蒋进发泡了个方便面吃下，也没洗漱，早早躺下。周铁牙来敲门，问他明天早餐想吃什么。

"我有罐头和饼干就够了。"蒋进发隔着门说，"明天多睡会儿，不用喊醒我。"

周铁牙说："手电没电池了，张黑脸在您门口给您放了一盏马灯，他说后半夜会下雨，您起夜时别忘了点灯，外面湿滑，您千万提着灯走路。床头柜的抽屉里，有两盒火柴。"

蒋进发答应着，摸黑拉开床头柜的抽屉，摸着火柴，试着划了一根。火柴杆托起一团小小的火，就像地平线上升起的太阳。

10

两日阴雨后，天放晴了。住在木房子的三个人，体温正常，身体无不适症状。蒋进发每日除了吃和睡，戴着口罩上几趟茅房，就是摆扑克牌。张黑脸一旦做好饭，周铁牙会劝他出来吃点，说是热乎的总比罐头饼干强。可蒋局长总是隔着门说他血脂高，趁此减肥，坚决不与他们同坐。周铁牙无所事事，就和张黑脸下军棋解闷。张黑脸常用自己的连长来吃他的军长，还让司令去抠自家的地雷，带给他片刻欢乐。而张黑脸每到饭点，会准时点起烟斗，到院子站站，伸着脖子朝娘娘庙方向张望，一看到小山那边炊烟飘荡，他会眉头舒展地说："哦，姑子们吃斋呢。"他将烟斗抽得吱吱响，无限陶醉的样子。

到了隔离的第四天早晨，一辆警车驶入管护站，宣告隔离解除。

瓦城本无神话流传了，但这起荒诞的禽流感事件发生后，它不仅成为了瓦城人的话题中心，而且演绎了多个版本的神话，口耳相传。而神话的主角，是候鸟。

原来被误诊为瓦城首例患有禽流感的患者是邱老——林业局长邱德明的父亲。他吃了周铁牙送的两只野鸭后，咳嗽不止，胸闷异常，高烧不退，陷入半昏迷状态。家人将他送进医院急救，医生为他做了全身检查，发现他痰中带血，肺部大面积感染。瓦城医院的实验室，还没有鉴定禽流感的能力。但医院根据邱老血常规报告中白细胞数值的急剧降低，三十九度以上的持续高烧，以及邱老家人说他到过宰杀候鸟的场所（至于这场所在哪儿，邱老家人当然没说），院方给出的初步诊断是邱老得了禽流感。他们立即对邱老实施隔离救治，并对患者密切接触者实行居家隔离观察。所以那几天瓦城林业局办公室，是看不见局长邱德明的。与此同时，院方采集邱老血液和鼻咽分泌物的样本，专人送至两百多公里外的市医院，请求上一级医院技术上的鉴定，做病毒分离。

邱老患了禽流感，邱局长一家隔离观察的消息，是投向瓦城春天的一枚重磅炸弹。感到危机的，是暗中吃野鸭的人，当然他们对外都不敢说是周铁牙带来了野鸭。先是罗玫副局长带着母亲周如琴去医院就诊，谎称她母亲一周前去管护站探望弟弟，接触过候鸟。很奇怪的，周如琴也开始咳嗽，低烧，而罗玫嗓子哑得说不出话。跟着是福泰饭庄的老板庄如来，被担架抬到了医院。他说有人卖给他一只野鸭，他食用后头痛难忍。他体温正常，但自称浑身发热，肌肉酸痛，视物模糊，无法走路。

庄如来在瓦城是个有钱的主儿，除了福泰饭庄，还拥有一家歌厅和一个屠宰场。他与瓦城历任公安局长，都能结为铁哥们，所以他开的歌厅涉毒涉黄，也无人敢查。庄如来在海南岛的琼海和东方，都有房产。而且，他明目张胆养了个"小"，这个"小"，与他法律意义上的老婆，相处安然。庄如来出国旅游，身边总是带着两个女人。他喝醉时，常与人炫耀他的所谓两房太太的和谐。庄如来贪恋珍稀野味，狍子野猪野鹿野兔他常食，他还吃过熊肉、猞猁和狼肉。都说开河的野鸭美味，所以每年春天，夏候鸟迁徙而归，周铁牙总要搞几只给他。当然，他会付给他钱，说是给他的酒钱，实际是买的托词。而周铁牙拿野鸭给他，明明是卖，也不说卖，只说送给朋友尝鲜。庄如来食肉之猛，在瓦城也是出了名的，盛传他吃烤串，一顿能吃五十串羊肉，二十串鸡肉，外加十串腰花。他吃猪蹄，一次能吞下十只。他不爱吃青菜水果，他身边的两个女人，为了他的健康，练就了炒青菜和榨果汁的好手艺，哄小孩子似的喂他。庄如来一米七二的个子，体重却有一百八十斤，患有高血压和心脏病。他说一定要在医院隔离观察，万一在家发病，不会得到及时救治。

听说邱老、周如琴和庄如来先后入院，可能感染了禽流感，检查站的老葛慌了。他明白周铁牙带进城的野鸭，是被这些人享用了。而他当初登上箱式小货车，与野鸭也有密切接触。因为他用手机偷偷拍摄了视频，想以此要挟周铁牙，求他找罗玫副局长，给女儿安排个正式工作，否则将其在网络公开。谁知计划未行，风云骤起呢。当政府将候鸟保护区内的管护站和娘娘庙，列为暂时隔离区时，老葛甚至以为这两个地方的人，都已往生。若周铁牙死了，他掌握的视频资料，也就毫无价值了。老葛觉得自己太倒霉了，他不敢去检查站上班了，请了病假，怕进医院花钱，将实情说与老婆，在家自我隔离。他庆幸这段女儿住在幼儿园，无被传染的风险。

老葛与老婆各居一屋，他滥服中药，什么板蓝根、桑菊片、牛黄解毒片、六神丸、鱼腥草胶囊，一把一把吞服，吃得作呕，一天恨不能测二十次体温。他通过微信，先是得知了邱老的死讯，接着是庄如来。这两个有头有脸的人物之死，让他觉得自己在劫难逃，他准备立遗嘱。当他写完"遗书"二字后，突然发现自己对这个世界无甚交代的，他没有遗产，有的都是麻烦。女儿工作无着落，也没对象；儿子大学未毕业，将来若留在城市，也买不起房，该如何生活？他老婆倒是强壮，极少生病，五十多的人了，做计时工攀高擦玻璃，从未闪失。有时她去有钱的单身男人家干活，老葛就很吃醋，总是拿话敲打她。他老婆直肠子，会说你瞎琢磨啥呀，我的手跟锉刀似的，皮肤又糙，满街的水灵姑娘，谁会拿个半大老太婆寻开心？老葛较劲，说你这把岁数了，奶子还那么挺实，我能不担心吗？有钱人睡惯了水灵姑娘，就像仙桃吃腻了，换换口味，啃啃老甘蔗，咋没可能呢！老葛想他万一死了，以老婆的温顺、吃苦耐劳和好体格，一准能再找一个不错的人。这样一想，觉得他不能死，不能让老婆成了别人的。而他心理失衡的还有，当他告诉她自己可能会死，她没哭不说，也不慌张，老葛怀疑她对自己的忠心。不过他吩咐她买什么药，她还是立马去药店。

老葛在假想的死亡线上苦苦挣扎之际，禽流感警报解除，他就像霜打了似的，精神头顿失，一头扑倒在床，蒙头大睡。醒来后奔向灶房，老婆已为他包了一帘韭菜饺子。他就着烧酒，吃了一盘饺子后，呜呜地哭。她问他哭啥。他说写遗书时，发觉他对这个世界没啥可遗留的，作为男人，是个废物，觉得悲哀。老葛质问老婆，为啥她知道实情后，一点也不为他的性命担忧，难道她盼着他死吗？他老婆淡淡地说，周铁牙干的是坏事，可你偷拍人家，干的也是坏事，咱闺女不能靠这个去找工作，让人戳脊梁骨。她声称干了坏事的人，死不足惜。老葛听了她的话，寒毛直立。

老葛本想跟老婆辩驳，在这世上，由于他无财富的根基和权力的荫蔽，虽然看似和周铁牙是一个阶层的，实则不是。他的卑鄙和周铁牙的卑鄙，性质不同。那类人的卑鄙深入骨髓，他的卑鄙是被逼无奈。可对有重生感的他来说，活着最重要，不想计较什么了。

老葛不自觉地加入了瓦城人宣扬候鸟功德的行列。

邱老疑似感染禽流感病发后，邱德明与罗玫私下通话，他们认定是周铁牙送的野鸭惹的祸，怕疫情扩大而失控，被追究领导责任，便将候鸟活动区域的管护站和娘娘庙，作为隔离场所，派专人前去防疫，并启动公共卫生事件四级响应预案。谁料市里传来的邱老送检生物样本的检测结果，并未分离出禽流感病毒，但邱老病情持续恶化，最终陷入重度昏迷，终于不治。而庄如来脑干大面积出血，也未能抢救过来。这两个人，一个死于重度肺炎并发多脏器衰竭，一个死于脑出血，与候鸟毫无瓜葛，所以他们很快解除警报。周如琴出了院，邱德明低调处理了父亲的丧事。

邱老仰仗儿子的权杖，多年来随候鸟节奏迁徙，过着富贵日子；庄如来身家过亿，平素在瓦城呼风唤雨，很少有摆不平的事情，这两个人的去世，让那些底层的平民，尤其是非候鸟人窃喜，他们相信是候鸟杀了他们，禽流感真实地发生过了。

也不知从何时起，拥有漫长冬季的瓦城，阶层的划分悄然发生了改变，除了官人与百姓、富人与穷人这些司空见惯的划分，又多了一重——候鸟人与留守人的划分。瓦城本来是一条平静流淌的大河，可是秋末冬初之际，这条河陡然变得一半清澈一半浑浊，或是一半光明一半黑暗，泾渭分明。生活在本地的候鸟人纷纷去南方过冬了，寒流和飞雪，只能鞭打留守者了。都说乌鸦叫没好事，所以这黑衣使者很不受瓦城人待见。但那些莺歌燕舞的鸟儿秋日南飞后，乌鸦却不离不弃地守卫着北方。留守人知道乌鸦是留鸟后，对它万分怜惜。而乌鸦也不惧怕人了，它们冬季找不到吃的，常来居民区的垃圾堆觅食。好心人会故意撒些甘美的垃圾，面包渣、碎肉皮、鱼骨、玉米之类的款待它们。留守人与乌鸦建立了亲密关系，近些年瓦城上空的乌鸦也就越聚越多，一群一群的。它们冬季爱去居民区的垃圾堆，夏季则追逐着路边烧烤摊，因为食客饱餐之后，人潮散去，它们总能在寥落灯影里，找到丰盛的夜宵。

候鸟人春夏回到瓦城消暑时，抱怨这小城怎么被乌鸦环绕了，留守人会反唇相讥，说乌鸦咋了，乌鸦不嫌贫爱富，生在哪个窝就在哪个窝过活，不挪窝的鸟才是好鸟！

留守人因此而不喜欢迁徙而归的候鸟，觉得它们是一群贪图享乐的家伙，只知流连温柔美景，是鸟中的富贵一族。然而邱老和庄如来的死，让留守人爱上了有着漂亮羽毛和美妙音色的夏候鸟，据说这两个人的死，是因感染了它们携带的病菌。为什么它们会袭击邱老和庄如来？毫无疑问，候鸟是正义的使者。

演说这类候鸟神话的，是东市场的各色业主，是平安大街出苦力的人——颠勺的、剃头的、修鞋的、卖油的、扎纸花的、炸油条的、做棉活儿的，是城郊低矮破败的平房中久病的人，落魄的人，有冤难诉的人。他们在杂乱的市场，肮脏的小巷，三三两两地聚集在一起，喊喊喳喳传播着候鸟惩恶扬善的动人故事。在这样的故事里，候鸟有时是白鹳，有时是野鸭，有时又是天鹅。但它们在传说中，一律是神派来的光明使者，它们的翅膀，是扶贫济困、匡扶正义的旗帜。它们牺牲自己的肉身，以疾病为利剑，刺向人间恶的脓包，铲除不平。

他们歌颂候鸟的羽毛，是月亮神亲手缝制的吉祥袈裟；他们歌颂候鸟的尖爪，是太阳神培育的稀世花朵；他们歌颂候鸟的嗓子，是风神赐予的完美歌喉；他们甚至歌颂候鸟之遗矢，是天庭撒向人间的糖果。以前他们议论，说人生本来是冷暖交织的，可候鸟怕热又怕冷，冬天飞走避寒，春夏飞来避暑，十足的孬种，可现在他们却逢人赞颂候鸟的勇敢！

无论如何，生命的逝去总归让人伤感，哪怕死者曾作恶多端。瓦城留守人对邱老和庄如来之死，这种近乎狂喜的表现，令所有的候鸟人感到恐慌。他们发现，他们再去街上时，投向他们的目光不再是羡慕，而是鄙夷。候鸟人买东西时，小商小贩随意加价，若与之讨价还价，他们会讥讽说，留着那钱能花着吗？别像邱老和庄如来似的，人死了，钱一堆，没处花了！

候鸟的神话广泛传播的时候，庄如来活着时相安无事的妻子和情人，打起了遗产分割官司，一时成为人们议论的中心。两个人相互告对方，大老婆说她是正牌的，所有遗产应归她和孩子所有，小老婆说她虽没跟庄如来领证，但为他偷着生了个男孩，都八岁了，由娘家母亲带着，要求做亲子鉴定，分走一半的遗产。这出闹剧，无疑比电视剧还夺人眼球。人们说庄如来的名字改得不好，以前他叫庄来顺，嫌其土气，改为庄如来。如来是佛，娘娘庙的师父们，谁敢在法名中自称观音？庄如来胆大包天取了这个名字，贱命担待不起，就是作死。在某个版本的候鸟神话中，一只野鸭化身一个绝色美女，半夜出现在庄如来床前，陪他睡了三天三夜，耗尽他的气血。瓦城中传颂这类神话的，多半是女人。而男人们更愿意相信另一个版本的神话，一只天鹅带来了天河的美酒，庄如来是贪杯醉死的。

11

老葛还是没有听从老婆的劝告，当禽流感风波过后，周铁牙有天驾驶小货车经过检查站时，他说有要事禀报，约周铁牙去平安大街的如意蒸饺店吃顿饭。

周铁牙正闹心，蒋进发回城后，说金瓮河飞来珍稀的东方白鹳，说明候鸟保护成果显著，应该增加专业人手，更好地建设管护站。他很狡猾，怕与瓦城林业局沟通，罗玫副局长会从中作梗，这次他亲自跑市营林局，协调解决。也是巧了，市营林局正与一所大学合作，做一个东北候鸟群的研究项目，所以很顺利成立一个"金瓮河候鸟研究站"的机构，人财物垂直管理，专项经费已经下拨。市营林局合作方的大学，派来一位刚留校工作、学此专业的博士生，先期开展工作。

蒋进发做这一切，当然源自他暗中发的那个誓言。其实本无难，可他认为逃过人生大劫，应该兑现承诺，否则难以心安。

来筹建金瓮河候鸟研究站的是个二十六岁的小伙子，名字叫石秉德。他住在木屋的客房，也就是蒋局长隔离时住过的屋子，他研究候鸟的生活习性，做观察笔记。蒋局长根据要求，在木房子西侧，差人拉来建筑材料，建了一座一百多平米的棚屋，作为候鸟研究站基地。受伤的候鸟，以及它们没有孵化成功的蛋，都是石秉德救助的对象。研究站配备了小型发电机、孵蛋器、各类用于候鸟疾病的药物，以及刀剪等医疗器械，可给受伤的候鸟做手术。

石秉德高高的个子，国字脸，鼻梁挺直，戴一副琥珀色镜框的近视镜，肤色微黑，看上去一表人才。他随和周到，总抢着干活，烧火、做饭、刷碗、扫屋子，似乎没有他不会做的活儿。不管他多出色，周铁牙还是反感他，嫌其碍眼。

周铁牙郁闷之时，谁邀他喝酒，谁就是帮他解忧。反正醉了，夜里不回管护站，也不怕没个正常人守候着。所以老葛约他，他虽看穿了他的心思，还是一口答应了。

如意蒸饺店以经营各类蒸饺为主，兼做一些卤菜。它的驴肉馅蒸饺和酸菜馅蒸饺，是其招牌。它铺面不大，五十平米的门面，灶房和餐区并未间壁起来，所以客人坐在桌前候餐，看得见白案的师傅手上的动作。客人多半喜欢大馅饺子，他们若发现馅打少了，会嚷着多打点馅呀！有的男人甚至开玩笑，说馅少的蒸饺，是老女人干瘪的奶子，有啥吃头？若这时店里有女食客，就会反唇相讥，说你那玩意老了，不也是蔫茄子吗？关于这家小店，流传的类似笑话很多。近年驴肉价格一路飙升，店主为了保证蒸饺馅大，只能提价。提价以后，生意一度衰落，但很快又回潮了。人们抗拒不了自己的胃，认准了这儿的美食，多花点钱最终也是认的，这家店因而开得红红火火。

求人办事肯定得早到一步，再说候鸟人回来了，涌进这家店的不在少数，不好占座，所以老葛下班后，骑着自行车，早早就到了。还好有两张闲桌，刚好有一张，就是他最想要的靠近灶台的两人小桌，那里始终被水蒸气萦绕，雾蒙蒙的氛围，适合他干敲诈的事。他点了半屉驴肉蒸饺和半屉酸菜蒸饺，还有一碟卤煮花生米和一盘卤大肠。酒嘛，就是当地小烧，纯粮酿造的。

周铁牙来了，他一来老板娘就快步笑脸迎上去，说贵客好久不来啦，真是大忙人啊！今天想吃啥馅的蒸饺，让大师傅把馅给你打得鼓鼓的！周铁牙指着老葛说，今天他请我，客随主便，他点啥我吃啥。老板娘瞟了眼老葛，说："哟，您刚才进来也没说请周站长呀。"这话让老葛心里很不是滋味，他也算店里的老熟客了，可他进来时，老板娘只是淡淡招呼一声，没这么热情。老葛想天下人都成势利眼了，更觉得他今天要干的事，没什么好羞愧的。

周铁牙认识的人多，他也就一边跟各路人打着招呼，一边坐到老葛对面。他一落座，老板娘便亲手送上一壶茶，跟着差服务员赠了两碟卤菜：鹅头和鹌鹑蛋。周铁牙拎了个口袋，里面装着他给老葛买的夹克衫，还有一瓶北大仓。他先拿出酒来，启开，然后把夹克衫递给老葛，说是自己逛街，发现这件夹克衫很适用，又不贵，帮他也买了一件。老葛满脸堆笑地道谢，说难得周站长还惦着我的冷暖。

周铁牙带了酒，老葛也不客气，把他点的小烧退掉了。他叫的菜和蒸饺渐次上来，两个人开始推杯换盏，吃得满面红光，满嘴流油。灶台上的蒸笼始终在工作，水蒸气也就不绝如缕地播撒开来。包蒸饺的师傅们边干活边热烈地说着什么，食客们享受美食的同时，也大声说笑。灶上灶下，一团热闹。老葛和周铁牙说话，也就得开足马力，加大嗓门了。

老葛为了将话题引向他偷拍的视频，先做铺垫，讲候鸟的神话。说有一只北归的大雁，是个转世的沙场英雄。它厌恶贪婪和不劳而获的人，春回大地之际，将两个翅膀，一只别上弓，一只别上箭，飞临瓦城，射中一个民愤极大的人，翩然离去。

周铁牙猛喝了一口酒，敲了下桌子，面露愠色，说："老葛，咱喝酒归喝酒，你要是像别人似的瞎说八道，可别怪我给你把桌子搁了！我实话告诉你，邱老和庄如来的死，跟候鸟半毛钱的关系都没有！邱老这把年岁了，年年去海南过冬，不适应瓦城的气候了，回来就不舒服，他大意了，早进医院就没这事了，他是肺炎并发症死的，明白吗？感冒都能要人命的，何况他这七十来岁的人了！再说庄如来，谁不知道他平时爱吃肉，常年的高血压？他伺候两个老婆，生意上一摊子乱事，身体能不亏吗？这样的人再怀疑自己得了禽流感，整夜不睡，加上医生处置不当，脑出血死也算正常吧？咱不说别处，单说瓦城的两家医院，哪家的太平间闲着了？月月死人，周周死人，火葬场从建起，那可真叫青春常在哇，女人到了一定年龄还停经呢，你见它的烟囱停过烟么？不会停的！咋就这俩人死，这么让人稀奇呢？他们也是人，也不易，你们有啥解气的呢？老葛呀，听兄弟一声劝，积点德吧，别随大流，借着候鸟说死人的不是啦！"周铁牙演说家似的慷慨陈词，挥舞手臂，惹得灶房的师傅偷眼看他。

老葛有做贼被捉的感觉，很窘，他红着脸，缩着手，说："我也是听人这么传，跟你不外，才说给你听嘛。以为你管着候鸟，说候鸟的好话，你会高兴呢！"

"不要以为候鸟都是好鸟儿，凶猛的欺负温顺的，大的欺负小的，为争一条小鱼互掐的，我见多了！"周铁牙嚷着，"喝酒喝酒，不说这些没意思的事！"

老葛为了给自己打气，连干两盅酒，然后掏出手机。也不知是心里有鬼紧张，还是喝多了酒的缘故，他的手抖得厉害，好不容易将那段视频找到，点开，递给周铁牙，说："看看吧——"

周铁牙往嘴里填了一个蒸饺，撂下筷子，接过手机。他一边鼓着腮帮子大力咀嚼，一边眯着眼看视频。他慢慢咽下蒸饺，视频也看完了。他将手机递还老葛，冷笑一声，说："你可真出息啊，公安局刑侦科咋没发现你这个人才？你应该干那个呀，要不我举荐一下？"

老葛尴尬地说："哪里——您看——"

"放心，我不会要求你删掉的！这种东西，我也知道，你删了这条，别处还有备份！说吧，你想干啥？"周铁牙给自己倒了盅酒，单刀直入地说。

"周哥，周站长，我这样做不好，下流，我也知道，真是对不住。这样吧，您一会出去揍我一顿，我保证不还手，别把我打残废就行！"老葛双手攥在一起，说，"我也是被逼无奈，才出此下策啊。我闺女您也知道，大学毕业回到瓦城，至今没个工作，连个对象都不好找，我和你嫂子都是平民百姓，求谁去呀？就想到了您。那天也是赶巧，我怕新来的小刘上车查验，万一查出问题，您会倒霉。我上去后，也没承想您逮了野鸭进城。也算是工作习惯吧，随手就拍了留作资料，我该死！"说着，还真的打了自己一巴掌，打得很响，连老板娘都听到了，抬头狐疑地看着他们。

周铁牙干了一盅酒，又放进嘴里一个蒸饺，细嚼慢咽，不慌不忙，品咂完毕，这才淡淡地说："也幸亏你拍了这视频，还能给我尽职工作做个证明。我刚才不是说了吗，不是所有的候鸟都是好鸟！今年飞回的野鸭，发情期中，那叫一个热闹！不分品种，为了争窝，争食，争宠，一会儿雄鸭和雄鸭打，一会儿雌鸭和雌鸭打，一会儿这家的雄鸭又和那家的雌鸭杠上了，鸭界大战，乱了套了！怕它们自相残杀，我那是把其中四只闹得凶的，带进城，想让动物医院的人给看看，该咋办？怕它们路上互相咬伤，所以才把它们的嘴，用胶带粘住了！不信你问问动物医院的人，我把野鸭交给他们，人家治好了，都放归山林了。"

"您当时可是说货箱是空的哇——"老葛提示他。

"您当时检查完了，不也没说货箱有东西么。"周铁牙威胁他说，"我要是真有问题，你放走我，那就是玩忽职守，单位会开了你，你连现在的工作都会没了！至于那段录像，你又没录我车号，即便视频显示了拍摄时间，你们那里又没装摄像头，谁能证明那个时间段，我的车经过了？猪啊，你敲诈别人前，能不能先把脑袋的糨糊清理干净？"周铁牙越说越来气，声音也就越大。

老葛吓得汗都下来了，赶紧给周铁牙斟酒，一个劲地赔不是，说他鬼迷心窍了，大人不记小人过，您就饶过我吧。

周铁牙长叹一声，说："你家有难处求我，我能帮当帮，人活在世，谁没个难处呢。但你要挟我，等于小鬼拿着绳子要缠我的脖子，往死里整，忒他妈的歹毒了，我周铁牙可不吃这一套！"

老葛被骂得差点哭了，他们不欢而散。

周铁牙当着老葛的面嘴硬，出了蒸饺店，他还是心慌气短，虚汗涔涔。夜色温柔，他选择了两个路灯间的一棵榆树，有气无力地靠着它，让婆娑的枝丫遮着自己的脸，连抽了几棵烟，恢复平静后，他去了外甥女家，把此事说与罗玫。

禽流感本未发生，但因它而起的风波，尤其是人们对候鸟神话的演绎和传颂，让周如琴和罗玫见了周铁牙，仿佛一下子找到罪恶之源，不很热情，让他倍感委屈。罗玫听说老葛给舅舅带进城的野鸭录像了，极不高兴，先是嫌周铁牙做事不周全，接着埋怨他在蒸饺店，不该饬着老葛。老葛没达到目的，伤了自尊，为了发泄，也许会把那段视频发到网上，细查起来，她都得跟着倒霉。不如答应他，反正下半年有一些事业单位要招人，说是考试，实则可以内定，给她挤出一个岗位也非难事。只是此事只能让老葛一人知道，告诉他不可说与老婆孩子，而且别电话跟老葛说，免得他录音，直接找他去，越早越好。周铁牙想着来一趟外甥女家不容易，便说候鸟研究站如今落在了管护站，很不自由，能不能将它迁到别处？罗玫以副局长的口吻说："候鸟管护和研究于一体，非常正常。再说这是上头批准设置的，我们也无权干涉，你先适应着吧，等明年再说。"

周铁牙出门时，周如琴又嘱咐他，以后别这么喝得醉醺醺的，伤身不说，有损形象；还有千万不要再拿野鸭了，这东西看来有灵性，吃了不吉祥。她说她在医院那些天跟自己发誓了，以后绝不食野味了。

周铁牙尽管满心不乐意，嘴上还是答应着。他出了罗玫家，立即打电话给老葛，说有要事，当面跟他讲。可怜的老葛因伤心和绝望，出了蒸饺店，去东市场的夜市吃烤串喝啤酒去了。所以周铁牙找到他，将他拉到一旁，告诉他这个喜讯时，老葛激动得蹲在地上呜呜哭了。哭完起身，觉得全世界的生灵都值得关爱，他买了一把肉串，走到东市场门口，撒到一棵杨树下。他想无论是乌鸦还是老鼠吃了它，他都会高兴。这个夜晚上演的悲剧，最终以喜剧结束，太值得庆祝了。

12

春深了，草深了。雨水的降临，让金瓮河也深了。这时出行的候鸟，以雄鸟为主。一旦进入孵化期，雌鸟脑袋中只装着一件事，就是孵蛋——时间对它们来说仿佛凝固了，它们趴伏在巢穴，无论风雨，柔情坚守。

山间河畔可吃的东西多了，张黑脸就不用投放那么多的谷物了。石秉德也不主张过多投食，他说除非候鸟归来后，赶上了极端天气，比如春雪，或是山林大火，大自然中难以索取食物，才需要投食，否则还是由它们自主觅食好，这利于候鸟适应外部环境，也利于种群的繁殖和发展。

石秉德很尽职，他在山中捡到无候鸟孵化的被遗弃的蛋后，会小心取回，放到孵蛋器中。那个孵蛋器像个小电冰箱，没有电的带动，它就无法工作。而微型发电机动力不足，噪音过大，不宜长时间工作，所以石秉德用泡沫箱，自制了一个孵蛋器。泡沫箱里周边被他镶嵌了两圈软管，就像家里装的暖气管一样，箱体外镶嵌着一个注水孔。白天他利用阳光，将孵蛋器搬到户外，夜里再将泡沫孵蛋器搬回研究站，将软管注上温水，使它们有适宜孵化的温度。

石秉德除了孵蛋，还踏查山林，观察野生动物的栖息环境，将非法捕猎者设置的粘网、捕猎套等等，一一清除。他也去娘娘庙，三圣殿上东方白鹳的巢穴，他去看了四回了。他很讨师父们喜欢，每次去那儿，总被留下，吃顿斋饭。有时他回来，还会给张黑脸和周铁牙带来云果师父炸的馃子，德秀师父酱的茄子。

周铁牙对石秉德深入了解后，惊讶于他家境之好。他父母都在大城市，是自然科学领域的大学教授，他们支持儿子来偏远山区工作一段时间。石秉德有个女友，在英国留学。周铁牙觉得石秉德最亲密的人都在云端，唯有他往谷底钻，自讨苦吃。问他为了啥？石秉德轻描淡写地说不为了啥，他从事的专业，就应该多接触山野，再丰富的书本知识，也不如实践来得透彻。石秉德说他唯一不习惯的是，这里通讯不便，与家人和女友联系，包括查阅一些学术资料，都得等他回瓦城的时候。周铁牙趁势劝导说："你其实没必要天天在这儿盯着，你们年轻人不比我们老的，哪受得了这种寂寞！蒋局长不是在瓦城给你搞了一间宿舍吗，听说条件也不错，能上网，能做饭，你就待在城里，每周来这儿一两次不就得了？"石秉德听后，谦和一笑，说他不能错过与候鸟每一次接触的机会，再说研究站刚成立，他得守在这儿。

周铁牙只能仰天长叹了。

石秉德的到来，也给管护站带来了意想不到的快乐，使周铁牙回城时，有了谈资。

石秉德也研究鸟儿的智慧。比如他在金瓮河边，放置三个钓鱼竿，在管护站手持望远镜，观察鸟类对钓鱼竿的反应。野鸭经过时，对钓竿不闻不碰，越过它直接下水。它们知道自己沉潜下去，嘴巴就是最好的钓钩。各色小雀也喜欢在路过时拨弄一下钓竿，它们力气弱，不为索取食物，纯粹是戏耍，玩一会儿也就飞了。东方白鹳对觅食环境总是保持足够的警惕，它们看见钓竿，会站在远处观察一会儿，发现没什么动静，才会下河。其入水之处，一定是远离钓竿。

　　最让大家想象不到的，是留鸟乌鸦把玩钓竿的智慧。有一天石秉德观察到，有三只乌鸦落在河岸上，其中身形较大的一只，稳健地走向钓竿。它像个杂技演员似的，用爪子钳住钓竿，轻轻往回拉，试探一番，然后撇下钓竿，奔向下一个，也如此试探，再奔向第三根。这时令人吃惊的一幕出现了，乌鸦对第三根钓竿如获至宝，它不止是用爪子，也动用利嘴，交替用力，将钓竿一直往岸上拖，另外一只乌鸦也过来帮忙，很快钓竿被合力拽上岸，钓丝尽头挂着一条大狗鱼！三只乌鸦分食这条大鱼时，顺序不一。立了头功的乌鸦先吃，其后是帮忙拽钓竿的，待鱼所剩无几时，那只袖手旁观的乌鸦，才得以享用残羹。石秉德将观察到的情形告诉周铁牙和张黑脸时，周铁牙说他五岁时肯定没这只乌鸦聪明，张黑脸则疑惑地问，乌鸦拽前两根钓竿，为啥拽一拽就放手了？为啥它知道第三根钓竿有鱼？周铁牙觉得乌鸦都明白的事情，张黑脸却不明白，十分可笑，所以走到哪儿讲到哪儿，乌鸦遛鱼的故事，就在瓦城传开了。

快入夏了，雏鸟陆续破壳而出，这时最忙碌的就是雏鸟的父母们。它们除了自己要吃饱，还得在体内储备尽可能多的食物，喂给小宝贝。好在河里的小鱼小虾，山间肥美的虫子，青蛙，地鼠，可食之物丰富，极易获得，所以鸟群处于生活最富足的时期。但对于人工孵化的鸟儿，要把它们喂大，绝非易事。

石秉德人工孵化的蛋，大小和颜色不同，最终孵化成功的，只有四个：两只野鸭，一只大雁，一只白尾鹬。为了试验野鸭群能否接纳非正常孵化的小野鸭，石秉德将其中一只，放到野鸭窝，那儿有另外四只嗷嗷待哺的小家伙。结果小野鸭的父母发现巢穴的外来者，非常排斥，不给它喂食，还将其叼到窝外。石秉德不气馁，将它又送入另一窝有雏鸭的巢穴，这回境况大有不同。人工孵化鸭，虽然每次是最后一个得到食物，但小鸭的父母，还是收留了它。但他为另一只野鸭找家时，却处处受阻，最后石秉德只得将其与大雁和白尾鹬一起喂养。张黑脸这时是石秉德最得力的助手，他去金瓮河下须笼，逮上活蹦乱跳的鱼虾，他在林中寻找蛛网，网上总挂着一些僵死或挣扎的飞虫，他还寻觅蚂蚁窝，这些都是饲养鸟儿的美食。因为不愁吃喝，它们长得很快，只是不到会飞的时候，其活动范围还局限于研究站。石秉德有天早饭后突然提议，给三只人工孵化的鸟儿，各取一个名字。周铁牙说这还不简单，把咱三人的名字，各给它们一个就是了。咱不能飞，咱的名字能飞，也是美事！周铁牙认领了大雁，叫它铁牙；石秉德喜欢野鸭，认它叫秉德；剩下那只白尾鹞，周铁牙说它理所应当叫黑脸。可张黑脸一本正经地纠正，它叫树森。石秉德不明就里，说为啥不让它叫您的名字呢？只有周铁牙明白，张树森是张黑脸的本名。这名字沉沦多年，现在却不经意间浮出水面了。

一个落霞满天的日子，管护站来了位稀客——云果师父，她夹着一册《金刚经》，所着灰色僧袍上，别着一簇她顺路采来的紫斑风铃草花，与她飞扬的眉毛相映成趣。周铁牙见着她很吃惊，问她娘娘庙出了啥事。云果师父说庙里安然，她是听说管护站能发电了，想省下庙里的灯油，借光来读会儿经书。周铁牙冲石秉德眨眨眼，说："你看，你带来的电多厉害，云果师父都来了，你造化大啊。今晚要是不出月亮，你可得送云果师父回庙啊，不能让师父一个人走夜路。"

不明就里的张黑脸插言道："庙里的人都不怕黑！"

云果轻蔑地扫了一眼张黑脸，淡淡一笑，说："今晚有月亮，师傅们辛苦了一天，不麻烦你们送的。"

云果师父无论是衣着，还是说话的语气，与往日俱有不同，更加明媚和柔性。她佩戴的佛珠，一串浅褐色菩提，一串红玛瑙，一串绿松石。而她佩戴的紫斑风铃草花，就像她携来的法器，美丽而醒目，似乎轻轻一摇，就会发声。总之那个黄昏的云果，看上去翩然脱俗。

晚霞热闹了一阵，先前的胭脂红越来越淡了。天还没黑透，石秉德也就没有发电。大家先带云果随处看看，先看菜地，她啧啧称赞，说垄台比她们打的直溜，杂草也比她们的少。最重要的是，茄子比她们的开花早，倭瓜坐果也比她们的大。周铁牙说他们种地，用的是管护站茅房的大粪，男人的粪肥劲大，所以这儿的菜地营养足。他的话令云果紧了下鼻子。看过菜地，云果随他们进了研究站，看石秉德人工孵化的鸟儿。她说想不到不用将蛋坐到鸟屁股底下，鸟儿一样出生，真是神奇。叫秉德的野鸭调皮，见云果走向它，便啄她的布鞋，引得大家再观察她的鞋子，原来黑色圆口千层底的布鞋上，绣着粉色的芍药花和金色的蜜蜂，小野鸭一定

觊觎那毛茸茸的蜜蜂，以为可以吃呢！云果抿嘴乐了，
大家也乐了。

从研究站出来，周铁牙沏了茶，大家坐在管护站前
的院子里聊天。植物越来越茂盛，蚊子也就多了起来。
张黑脸见云果不停地用手拂面前的蚊子，知道庙里的人
不杀生，赶紧笼了堆火，压上蒿草驱赶蚊子。周铁牙对
云果说，你看张黑脸这个呆人，在心疼女人上，却比别
人聪明呢！云果说张师傅这是菩萨心肠。

周铁牙问娘娘庙最近香客多吗？云果说这半个月来
的人，还真不少，这与大家传娘娘庙来了送子鹤有关。
想有孩子的人，都来三圣殿求子，这相对缓解了慧雪师
太的压力。因为开春以后，瓦城宗教局的干部，来娘娘
庙两回了，说别的地方的寺庙，得到的布施多，香火钱
多，能带动旅游，为当地经济发展助力，可松雪庵却吸
引不了香客，寺庙应该找自身原因。宗教局的人出点
子，说三圣殿有东方白鹳坐窝，就可以广泛宣传，说是
送子鹤飞临；还有瓦城林中不乏松树明子，松树明子油
脂饱满，色泽漂亮，芳香宜人，他们发现很多百姓，将
其加工打磨，穿成手串，非常漂亮。松雪庵可与瓦城私
营木器厂合作，将松树明子加工成佛珠，给它取个豁亮

的名字——北菩提，放到寺庙开光出售，肯定大受欢迎。

慧雪师太觉得宗教局提出的方案可行，只是松树明子被大量用于制作佛教信物后，广泛采集，会不会对生态环境造成危害？因为松树明子多生长在树龄高的老树身上，通常椭圆形，像鸟巢一样，有的会被狂风和雷电给击落到地上，但大多还在树冠，不易摘取，有的人为了得到松树明子，甚至将整棵树伐掉。宗教局的人说这个就不用你们操心了，公安局森保科的人自然会管起来的。所以娘娘庙的法物流通处，以后要卖自产的北菩提了。

"森保科管得住吗？"周铁牙哼了一声，说，"春节后采达子香花的，也没见他们管了谁！一种东西值钱了，那就是这种东西落难的时候。"他知道自己没资格说这话，但石秉德在场，他认为有必要做个表态。

石秉德问云果师父，上次见到慧雪师太，法师跟他说，听到瓦城流传的候鸟的神话，甚为忧虑，想去瓦城讲经说法，让人们消除憎恶心，不知去了没有。

云果微微跷了跷脚，说："师太何时去，也没跟我们说。不过最近她进了一次城，是去看要做北菩提的木器厂。传法嘛，佛家不拘形式，随时随地——"说到这儿，她发现火堆上，张黑脸采来压火的艾蒿中，夹着一枝翠菊，连忙将其救下，将茎掐去一段，吹了吹它身上的灰，别在僧袍翻卷的袖口上，然后提示管护站的人，天已黑了，该发电了。

云果师父果然在发电机的轰鸣声中，端端正正地坐着，念了两个小时的《金刚经》。她还想再念下去的时候，德秀师父一手提着禅杖，一手提着一个塑料袋和两把伞，出现在管护站。她说望见月亮被浓云裹挟着，恐是有雨的样子，云果没带伞，怕她淋了夜雨生病，故来接她，顺便送点自己刚酱好的豆腐干。

云果嘴上对德秀师父说着感谢的话，神色却颇为落寞。她将经书合上，起身，将僧袍别着的花儿逐一取下，放在背后的窗台上，谢过师傅们所供的茶和电，跟着德秀师父走了。走到桥上时，云果回了一下头。发电机停止工作了，管护站陷入黑暗。

而月亮在她们接近松雪庵山门的时刻，从浓云中跳将出来，像一面黄铜大锣，等着谁去敲响。

13

夏日的山林，所有的绚丽，都集中在一个时刻——向晚时分。太阳落山之际，霞光四溢，它让大地金光闪烁，让鸟儿羽翼流光，让河流成了熔金炉。人们有理由相信太阳是阔佬，告别时刻，大把大把撒金子，想让即将迎接黑夜的人们，有一颗富足的心。

以往张黑脸从管护站回城，都是和周铁牙一起，当日来去。石秉德来了以后，张黑脸嚷着回城剃头和吃饺子时，周铁牙就让他稍等一两天，等石秉德进城办事时，带他回去。

这天石秉德和张黑脸终于可以一起回城了，周铁牙无比欣喜。他过节似的，晨起刮了胡子，还换了衬衫。

他想随心所欲过上一天，偷吃只野鸭，独自醉上一场。所以他嘱咐他们，当夜可住在城里，管护站和研究站有他照应着，不必担心。

他们一走，周铁牙就哼着小曲，从储物间拎出两只网笼，又将放置在墙角铁皮罐中，张黑脸养着的用于钓鱼的蚯蚓，抠出几条掐死做诱饵，去了一处开满了紫色樱草花和金黄色荷青花的沟塘。他最近常见刚出巢的小野鸭，跟跟跄跄地跟着父母，在这条虫子叫得欢的沟塘进出，练习觅食。

周铁牙太想吃野鸭了，一是今年还没尝着这野味，馋得慌；二是想藉此消除一下心理阴影，不能因为邱老和庄如来的死，就此认定吃野味不吉祥。

管护站平素是没人来的，周铁牙好久没洗澡了，所以先烧了锅热水，趁着张黑脸和石秉德不在，将澡盆拎出，放到院子的太阳底下，脱光衣裳，放心大胆地洗了个澡，然后将洗澡水就手泼在院子里。他想幸亏没建瞭望台，不然哪能这么逍遥呢。

瓦城的几位政协委员，曾联名提议，在管护站建立游客观光瞭望台，将其打造成一个特色旅游景点。这个提案罗玫批给营林局办理，蒋进发知道周铁牙靠着罗玫，打造的是他个人的世外桃源，得罪不起，所以给政协委员的提案答复是：此案想法很好，但瓦城候鸟群规模不大，金瓮河流域的生态环境也有待进一步恢复，建立游客观光瞭望台，时机尚不成熟。此案也就不了了之。

周铁牙洗完澡，坐在木墩上一边抽烟，一边眯缝着眼晒太阳。他此时不缺音乐，风儿像多情的手指，让树和花草做了琴弦，轻拨慢弹，发出动听的声音。此外金瓮河的流水声，各色鸟鸣虫鸣，在消去人语的时刻，此落彼起，令他惬意。

周铁牙心底也确实愉悦，因为在和石秉德深谈后，得知他不过是以学科领域带头人的身份，来这里创建研究站，最终还是要回到大学。研究站早晚也要交与地方管理，他的团队，会不定期有人过来，继续科研工作。周铁牙想只要研究站交与地方，等于交与他，管护站有笔经费，研究站再来一笔，岂不锦上添花？只要将财权抓住，钱是爷爷，他手头宽绰了，哪怕在专家面前装孙子，又能算啥！

周铁牙琢磨着逮着野鸭该怎样吃才过瘾，清炖还是酱焖？刚飞回的野鸭长途迁徙，体力消耗大，油脂少，清炖好；而它们孵蛋后，身心俱疲，那时的肉质最不好。现在小野鸭四处跑了，大野鸭猛劲补充食物，蓄积能量，所以肉质肥美，红焖一定错不了！

确定了吃法，周铁牙又琢磨着该怎样杀鸭，要杀得干净利索，不能留下血滴和鸭毛这些屠戮野鸭的证据。他想杀鸭时，地上铺一张大块的桦树皮，桦树皮易燃，溅上鸭血也不怕，填到灶坑烧掉就是了。还有鸭毛，最好也烧掉，上次张黑脸在网笼发现鸭毛，差点引起麻烦，这次绝不能犯这种低级错误。只是烧鸭毛气味大，得敞着门开着窗。还有就是做完野鸭之后，要用碱水好好刷锅，免得留下油垢和气味。最后呢，就是吃完后怎样处理鸭骨头。鸭骨较硬，烧不化的，不如将它们随便扔到哪条沟谷里，哪种动物愿意啃骨头，就让它们啃去。

设计好了一切，周铁牙起身去遛网笼。他曾担心野鸭目下不缺吃的，会一无所获，可眼前的情景让他心花怒放，两只网笼各逮了一只，一雌一雄。周铁牙见雌鸭孱弱，一身骨头，想着它没甚吃头，将其放了，带回了斑嘴大公鸭，麻利地杀掉，烧了鸭毛，将洗鸭子的污水，倒得离木屋远远的，仔细察看网笼无一丝鸭毛，这才放回储物间。不到午时，便烧火炖鸭。十一点时，他已盛出鸭肉，启了瓶酒，在院中铺一块毡子，置酒肉于其上，开始吃喝。当他吃到一半时，隐约听到摩托车声响，以为幻听，没有在意，可是这声响越来越大，昭示他有人驶入了。周铁牙欲将盘中所剩鸭肉倒进茅房，已来不及了，摩托车驶入管护站。

原来是检查站的老葛！他和他的摩托车，滚得一身泥水，看来前段持续落雨，导致路面翻浆，他驾驶摩托车一路过来，没少栽跟头。

两个卑鄙的人相遇，会有心照不宣的快乐，因为没有什么东西，是怕放在阳光之下的。周铁牙庆幸没来得及处理掉盘中野鸭，否则他悔死了！

"你狗鼻子够灵的啊，闻到我烹了野味？"周铁牙无所顾忌地挑明他在吃野味，还指着盘中的野鸭，揶揄道，"你也尝尝？尝之前要不要先录个像？"

老葛将摩托车扔在一旁，尴尬笑着，说："站长哇，咋把我想得那么不堪呢！"说完，从上衣兜摸出手机，撇给周铁牙，说："您经管着，这还不放心吗！"

周铁牙抹了一下油嘴，也不客气，将手机电池卸下，说："越来越懂规矩了嘛。"

老葛嘿嘿乐着，嚷着内急，先去方便了。周铁牙赶紧从储藏间再取一瓶酒，又启开一听凤尾鱼罐头，给老葛拿了双筷子。

老葛从茅房出来后洗了把脸，将沾了泥点的衬衫脱下，用洗脸水揉搓几下，搭在近前的一棵松树上，赤膊坐在周铁牙对面。

"是不是看到石秉德开车和张黑脸进城，你想着管护站就我一人，干不出什么好事，来逮个现行，再给你增加点筹码？"周铁牙说。

"前半句是对的，我见他们进城，刚好我交班，一算计您有十来天没进城了，惦记着，所以趁他们不在，来跟您说说体己话。"老葛先尝了一块鸭肉，赞叹野味到底是不一样，吃着倍儿爽，然后说，"我来这儿，最主要的还是报喜！"

周铁牙呸了一声，说："我现在这个样子，就是凑合着过，哪来的喜！"

"所以说哇，这儿没手机信号，就是不行！都说好事传千里，你这儿离瓦城，也不算远，可你看你们家这大好的消息，我先知道，你都不知道！"老葛端起酒盅，和周铁牙干了一盅。这才在他的催促下，细说原委。原来三天前市委组织部下来考核邱德明和罗玫，邱德明要接郑家和书记，成为瓦城的一把手，罗玫要提拔为林业局局长，接邱德明。

"郑家和书记去哪儿啦？也提拔了？"周铁牙问。

"哦，他平调到市政府，做副秘书长，一个闲差，他老大不乐意了。"老葛眉飞色舞地说，"人家都说啊，这次为了提拔罗副局长，就得让邱德明局长接书记，给她倒位置，所以郑家和书记是被扒拉走的，都说咱外甥女关系硬呢！"

"邱局长虽然平级调整，但书记是一把手，他算重用，也该高兴哇！"周铁牙说。

老葛说："邱局长今年可是不顺哇，爹死了，他当书记，说好听的是一把手了，但书记哪有局长有实权啊，外头人都说，这次调整，其实就是安排咱外甥女，不得不动那两位的！"

"人一走运，多嘴多舌的人就蹦出来了！"周铁牙说，"不是我替自家人说话，别看玫玫年轻，她处理问题稳当，工作能力没的说，提拔她那是应该的，说明市委有眼光！"

"就是，罗局长是咱瓦城的骄傲！"老葛说，"您这当舅爷的可不得了，有这么出色的外甥女，连我都觉得脸上有光呢。"

老葛从裤兜掏出一个红包，递给周铁牙，说是贺礼，罗玫日理万机，没时间接见他，但罗玫答应帮他女儿找工作，让他想想心里都热乎！钱不多，一万块，是个心意，求周铁牙给罗玫买件衣裳送去。

周铁牙心想如今求人办事，哪有不花钱的道理？虽说自己有把柄落在他手里，但老葛不傻，以要挟手段办成的事情，最终双方会成为仇人。而他示弱，则还能做朋友，继续求他办事犹有可能。还有啊，罗玫马上要做局长了，更能说了算了，老葛可能要在女儿的工作上挑挑拣拣了。

周铁牙这样一想，觉得一万算个毬，现在办个工作，花个十万八万都很正常。所以他毫不客气，理直气壮地把钱揣进腰包。他想罗玫也不差这几个小钱，自己收着就是了。

老葛再喝一盅酒，讪笑几声，说："站长哇，咱外甥女要做局长了，孩子工作的事情，一个是抓紧，还有就是我听说有几个岗位，像水利局和广电局，都要招人，这种事业单位，工资高，医疗待遇好，就别把孩子往那些没啥发展的单位安排了，求求咱外甥女，给咱闺女一步到位，行不？"

尽管周铁牙讨厌老葛一口一个咱的，心想谁和你是一个外甥女了？你的闺女跟我有啥关系呢？但他还是笑呵呵地说："放心吧，我一定跟她说，把好岗位给咱闺女留着。"

老葛为了女儿工作的事有了保障而开心，听到罗玫高升的周铁牙更是开心，他想以后再去瓦城的饭馆，谁还敢收他的吃喝钱呢？在街上遇见熟人，肯定都是别人老远伸出手来，主动与他打招呼。邱老和庄如来的死，以及候鸟神话的广泛传播，曾让他为罗玫的处境担忧过，觉得不是吉兆，看来他太多虑了。

周铁牙抬头的一瞬，望见了娘娘庙的炊烟，他颇为感慨地说："管护站挨着娘娘庙，看来还是好哇。"

"你不说我倒忘了，我听人家议论，说罗局长交好运，是因为宗教局归她管，她张罗建的娘娘庙，所以菩萨给她福报。"老葛说，"要不是我今天吃了野鸭，喝了烧酒，也想骑摩托过去，给菩萨磕几个响头呢。"

老葛喝兴奋了，絮叨个没完。周铁牙怕他这种状态骑摩托车回去不安全，说是改日回城再喝，及时把酒收了，让他回屋睡个午觉，醒了酒再走。老葛也乏了，顺从地去周铁牙的屋子休息去了。

周铁牙连忙将野鸭骨头包在一张旧报纸中，走出院子，远远处理掉了。他往回走的时候，心里有点不是滋味了。外甥女升任局长，满城人都知道了，罗玫却没差人过来跟他说一声，分享快乐，看来他这个当舅的，对她来说并不重要。而来报喜的老葛，打的不过是个人的小算盘。周铁牙由此想到石秉德人工孵化的那只小野鸭，初始被野鸭群接纳了，但最终它还是被其他小野鸭给合力啄死，便觉得天地间所有的动物，无论低级高级，逃不脱弱肉强食，免不掉利己排他。罗玫没发迹前，周铁牙和姐姐之间还有一条紧密相连的线，而罗玫的官职就像一把锋利的剑，将这条看不见的线给斩断了，周如琴飞到山巅，而他落入谷底，从此她们看他是睥睨天下的俯视，而他只能奴隶似的仰视。周铁牙这样想的时候，觉得金瓮河上浮动的阳光，也有裹尸布的意味了，因为在看似平静的水面下，生物间的杀戮，它们在深处搅起的或浓或淡的血污，从来就不曾消失过。

14

张黑脸今年是从管护站第一次回城，他喜气洋洋的，见着谁都呵呵乐。熟悉他的人跟他打招呼时会说，瞧瞧你的头发都过耳根了，再长的话，都该扎小辫子了！张黑脸赶紧说，这不回来剃头么！他没回家，先去平安大街，到他常去的发财发廊剃头，那儿有个老师傅，与他同姓，懂得他的喜好，哪儿留长，哪儿剪短，了然于心。

张师傅见着张黑脸，惊叫一声，说："快成野人了么！咋才回城呢？是不是被山里的狐狸精蛇精呀的给迷住了？"

张黑脸摇了摇头，嚷着渴了，朝张师傅要了一杯水喝掉，然后坐在顾客坐的转椅上，瞄了眼镜中的自己，也忍不住惊叫一声。镜中人竟像一个下了多年大牢的人，发丝纠结，杂乱无章，像谁写的一篇又长又臭的文章，令人厌恶地挂在那里。他隔三岔五刮胡子，却没管过鼻毛，谁知鼻毛张牙舞爪地探出鼻孔了，苍蝇似的，让人不爽。总之他不想再看这样的自己，唤张师傅赶紧打扫他的头。

张师傅技艺好，一边拾掇他的头，一边跟他说话。他说盛传禽流感流行的时候，知道封了管护站，还为他担心呢！他问张黑脸那时怕不怕。张黑脸瓮声瓮气地说，挨着娘娘庙，有菩萨保佑着，有啥怕的？张师傅听他这样说，就告诉他广电局的礼堂，就是面向市民开放的公益讲坛，今天下午的主讲人，就是娘娘庙的慧雪师太。张师傅说他老婆近年闻到肉味就恶心，吃素两年了，别人说她这是与佛的缘分到了，所以拉他一起去听听呢。

张黑脸问："下午几点开讲呢？"

张师傅说："好像两点吧，咋的，你也有兴趣听？"

张黑脸没说去还是不去，而是嘱咐张师傅，别忘了把鼻毛也给他拾掇一下。张师傅说这还用您交代么。张师傅给他剃完头，要修剪鼻毛的时候，发现张黑脸仰着脸睡着了，他不忍心弄醒，由他睡了半小时，看着快晌午了，才推醒他，给他剪了鼻毛，洗了头。张黑脸付过钱，一身清爽地走出发廊。

平安大街的饺子馆有好几家，张黑脸在管护站吃的带馅的食物，是各类肉罐头调和的，所以他回城，喜欢吃的水饺，馅料要新鲜，偏素，比如鸡蛋西葫芦馅的，鲅鱼韭菜馅的，芹菜粉条馅或是豆腐青椒馅的。张黑脸进的是顺心饺子馆，店主知道他这个习惯，他一进门，赶紧把他青睐的各种馅，都报一遍。张黑脸听说有虾仁黄瓜馅和豆腐韭黄馅的，各要了半斤，外加一瓶啤酒。

正午时分，在平安大街附近上班的人，以及外地来此消暑的候鸟人，多涌入各家饭馆，顺心饺子馆顾客很多，只有一张闲桌了。张黑脸坐过去后，有两位认识他的人，各怀目的，端着正吃的饺子，凑将过来。其中一位是水厂的收费员小金，另一位是开花店的老黄。老黄一坐下，就跟他宣扬候鸟的神话，把张黑脸听得一愣一愣的。因为候鸟的翅膀在这个故事中，是阎王爷的生死簿子，候鸟依照那上面的名字，去捉拿人间罪孽深重的人，邱老和庄如来的名字，就在候鸟的翅膀上，所以他们死了。

老黄见张黑脸的饺子上来了，也不客气，从他盘中夹了一个，赞叹刚出锅的饺子好吃。他忽悠张黑脸，称他为半个神仙，请他预测候鸟的翅膀上，下一个会出现谁的名字。为了从张黑脸口中得到他憎恨的人的名字，他诱导他，说是公安局森保科的人，个个坏蛋，他春天为了盖个鸡窝，去河边砍了一捆柳树，结果被执勤的人发现，狠罚了一笔。老黄说这帮家伙才势利眼呢，当官的亲属偷运木材卖掉，整车往外拉，他们权当瞎子，而他砍捆柳树，他们就不依不饶。对待无权没钱的人，他们才装得一团正义！其实他们背地坏事没少干，他就知道有下歌厅泡妞的，还有吸毒的呢。张黑脸听老黄这么一说，赶紧问这都是些什么名字，老黄一一告诉他，张黑脸就义愤填膺地把他们的名字都点了一遍，老黄心花怒放的，特意给张黑脸添了一瓶啤酒。

不过说完这几个人的名字，张黑脸连吞了三只饺子后，还是申明候鸟的翅膀不是阎王爷的生死簿，而是雨伞。他叙说当年一只神鸟如何用翅膀为他遮雨，而如今这神鸟飞到金瓮河了。老黄听后觉得好没兴味，又吃了张黑脸盘中两个饺子，嘟囔着什么，买单走了。

　　老黄走了，轮到小金说话了。此时的张黑脸将两瓶啤酒差不多喝光了，目光温柔，满面红光，正是求他的好时机。小金先夸张黑脸剃了头精神，再夸他刚才讲的神鸟故事好听，接着说他几次登门去他家收水费，总是遇阻。瓦城自来水公司规定，凡是没安装水表的用户，居民每户每年缴纳二百六十元，商用是三百八十元。张阔经营家庭旅馆，应该按商用算，可她说住在她家的，都是亲戚朋友，坚决不按商用的缴纳，弄得他很头疼。小金说今天赶巧碰见他，如果他把水费交了，等于为女儿解忧，省得他再往张阔那跑，骑着摩托车去这几趟，油都没少耗费，可还收不上水费，每次回来都很郁闷。因为收费承包后，他收不上来的费用，就得自己先行垫付。

　　张黑脸听了个大概，就把兜里的钱都掏出来，问这些够不够交费的？小金激动得脸都红了，从七百多元里数出四百块，把余下的钱让他收回去。小金随身带着收据本，开了一张三百八十元的水费单，递给张黑脸，让他回家交给张阔。该找还张黑脸的那二十元，他见他没意思要，索性不找零了，心想就顶了油费了。

　　张阔见父亲回来了，剃了头，又一身酒气，知道他从平安大街过来的。张黑脸见着她，先把水费收据递上，接着挨个屋子转了一圈，数数有多少绿花枕头，因为绿花枕头是专为客人预备的，以此探明张阔今年接待了几个候鸟人。之后他去院子的木椅坐下，解下衬衫最上的两颗纽扣，想着吹吹风。

张阔跟到院子，甩着水费收据，先骂小金欺负呆子，是婊子养的，跟着埋怨老爹不该交费，因为她的家庭旅馆，一年只开半年，来的人又不多，也就是洗洗涮涮，跟家里多两三口人一样，用不了多少水。而东市场开洗衣店的，不过与自来水公司的领导好，非说那儿不具备安装水表的条件，一年按商用才交三百八十块的水费，你说一个洗衣店，一年得浪费多少吨水啊，这不明摆着欺负没门路的老百姓吗？张阔责备老爹办了错事，所以不能还他交纳的水费。

张黑脸漠然看了一眼女儿，说他兜里有钱，不需她给。张阔这才和颜悦色地把水费收据仔细叠好，揣进裤兜，给他倒了杯茶，又拿了把蒲扇，说管护站暂时封闭时，她真以为老爹得了禽流感，哭了好几回呢。张阔倒也没说假话，她那时心急如焚，怕老爹死了，她手里攥的那张工资卡，成了干涸的河流，再不会滋养她了。张黑脸听女儿说惦念他，"唔——"了一声，一手摇着蒲扇，一手将端的茶喝得吱吱响，然后问张阔，他家住着四个候鸟人，咋一个都不在家里，她不给他们做午饭吗？张阔晃着脑袋说，今年家中住着五人，咋说四人呢？张黑脸说数外人用的枕头，数出四个。张阔眯着眼乐了，告诉她今年住的客人，有两位是去年来过的，一对湖南退休的教师夫妇，另两位也是一对夫妻，广东来的，避暑加上蜜月旅行，至多住一个月。他们新婚，共用一个枕头。另一位嘛，是来自北京的一位画家，他整天在山里转，星星出了才归。他们除了早餐在这里共用，午餐不用管，街上餐馆多，随便吃点就是了，晚餐是她来做，所以没有往年那么累。张阔抱怨候鸟人来了以后，摊贩们都黑了良心了，联合给副食品涨价，经营家庭旅馆的为了留住客人，却不能涨房价，利润没往年多了。她乐得他们出去吃，少吃她一顿，她就多赚些。

张阔告诉老爹，周铁牙的外甥女要当林业局局长，成为瓦城响当当的二把手了。她说管护站肯定还要增加经费和投入，周铁牙的赚头大，也不该亏了他。张阔怂恿老爹，让周铁牙给他涨工资，一个月至少多开三百块，否则给他撂挑子。

　　自从张黑脸进了门，耳里听到的都是钱钱钱，这令他疲乏，他放下茶杯和蒲扇，打算眯一会儿。想着自己的住屋，摆的都是绿花枕头，无他容身之处，就去客厅的沙发，蜷腿躺下。

　　张黑脸睡得正香，被一股炸辣椒的气味给呛醒了。起来一看，张阔正在灶房，给一个瘦猴似的长脸男人做酸辣鱼。张黑脸见他留着长发，手指甲沾着各色油彩，知道他就是张阔所说的画家了。他告诉女儿，自己回管护站了。张阔咳嗽了一声，说："要是周铁牙不给老爹涨工资，我去找他，有他好瞧的！"

　　石秉德约张黑脸下午四点钟，在平安大街北口会合。怕他忘记时间，在他手心用圆珠笔写了个数字"4"，所以这个时间他牢牢在握。他看了一下手表，刚刚两点，时间还早，他想不如去麻将馆，看人打牌去，顺便喝杯茶。走着走着，忽然想起下午有个活动，他想参加来着。是什么呢？他停下脚步，仔细回想，却无答案。但他记得他是在平安大街得到那个活动的消息的，所以他先回到顺心饺子馆，店主以为他落下什么东西了，问他丢了啥？张黑脸问他，自己下午想干啥了的？店主笑了，说我咋知道你想干啥？你还想吃饺子的话，我给你包；你想小赌，麻将馆就在后趟街；你想睡女人的话，我给你一个秘密电话，保你约到模样好又便宜的小姐！张黑脸说吃喝嫖赌不是他想干的事，他出了饺子馆去了发财发廊，张师傅不在，另一位小师傅告诉他，他去广电局的礼堂，听娘娘庙的师父讲法去了。张黑脸一拍脑壳，大叫一声："就是这事哩。"

张黑脸气喘吁吁地赶到礼堂时，讲座已开始半个小时了。能容两百人的礼堂，只有最后一排还剩三四个座儿，张黑脸选了靠走道的一个位置坐下。慧雪师太的话语，通过扩音器放送出来，令他有陌生感。因为陌生，他觉得台上被灯光过度照耀的慧雪师太，也不像在庙里见到的那般朴素亲切。张黑脸听了一会儿，觉得无甚意思，歪头打起瞌睡，呼噜声随之响起，前面的听众频频回头看他，发出笑声。工作人员连忙过来推醒他，劝他出去。可他执拗地说，他没睡，他在听。接着没头没脑地大声说了句："睡足了，把脑袋倒空了，经文才能钻进去呀。"他左右的人闻听此言，愈发地笑。

张黑脸没有走的意思，工作人员只好坐在他身边看着他。呼噜一起，就戳醒他。就这样他几次睡去，几次被弄醒，慧雪师太主讲部分已结束，进入了听众答问环节。听众提问，最终由慧雪师太，综合问题统一回答。人们提的问题五花八门：

人生的苦很多，为啥非说八苦？

现世的善良穷人，转世能成为富人吗？

心不动，万物皆不动，究竟是啥意思？

持戒静修，真有好报吗？

居士和沙弥的区别在哪里？

猪八戒的"八戒"，指的是啥？

西方净土，果真是"花鸟都能念经，满地尽是琉璃"吗？

人要觉悟，非要像释迦牟尼那样，在菩提树下吗？在瓦城的松树下，可以让人大彻大悟吗？

出家人可以望见彼岸花吗？

娘娘庙来的送子鹤，真的能给不育者带来福音吗？

菩萨为啥看着坏人横行，好人受欺压，却不从莲花宝座走下来救苦救难？菩萨睡觉吗？菩萨睡觉的话，也闭着眼睛吗？

候鸟人是这个社会的新贵阶层，他们的世界总是春天。菩萨有本事让苦寒之地四季无冬，让没能力迁徙的穷人，避开人生的风寒吗？

从你刚才的讲述中，知道你家境很好，出家是因为怜惜每一个生灵，看破红尘了，是心灵听从了佛的召唤。其实你不出家的话，就凭你这么好的身材，美丽的眼睛，尖下巴，高鼻梁，好看的唇形，绝对是一大美女，不知多少男人会向你求婚。你不后悔遁入佛门吗？你还惦记生养你的父母吗？

一个人皈依后就不怕死了吧？

有人说娘娘庙的云果师父，曾是一个官员的情人，官员贪腐事发，她怕受牵连，就把名下官员送的房产，更名给弟弟，剃发做了尼姑，检察机关哪会找出家人的麻烦呢？她以此保全了财产。据说这官员有多个情人受牵连，只有云果逃过一劫。如果这传言是真的，那么她的出家不是发乎真心的。她在庙里，是不是对菩萨的不敬？

都说放下屠刀，立地成佛，那为啥一个人杀了人，幡然醒悟了，法院还会判他死刑？

太阳下山后，月亮就出来了，月亮是太阳的转世灵童吗？

是不是有心的动物都不能吃？

娘娘庙的香火钱，最终干啥用了？

信了佛，就不能供奉狐仙和黄大仙了吧？

走夜路头皮发麻，是不是遇见鬼了？

遭遇灾难的一刻，念哪句佛号，最能化险为夷？

……

慧雪师太对每个人的提问，都凝神谛听，提问结束后，工作人员上来悄悄提示她，说讲座加提问，时长两小时，现在时间已到，可以简要回答问题。慧雪师太微微颔首，对大家说："阿弥陀佛，时间到了。在时间面前，所有的问题，都不是问题了。我想告诉大家，出了这个门，有人遭遇风雪，有人逢着彩虹；有人看见虎狼，有人逢着羔羊；有人在春天里发抖，有人在冬天里歌唱。浮尘烟云，总归幻象。悲苦是蜜，全凭心酿。"

讲座结束了，一些信众涌到台前，有的给慧雪师太献花和水果，有的请她在经书上签上法名，还有的奉上佛教用品，请她开光。

张黑脸觉得这场讲座他没白听，慧雪师太说给大家的那句话，就是所有的问题，在时间面前都不是问题了，大多人在下面嘀咕没听懂，可他听懂了，慧雪师太帮他解决了困扰他的那个问题，人为啥踩不着自己的影子——那是因为时间也踩不着自己的影子啊！

15

雏鸟们学会觅食了。石秉德将人工孵化的三只鸟，放归自然。最欢喜走出研究站的是叫树森的白尾鹞，它兴高采烈奔向河岸。叫秉德的野鸭，似乎不想离开安乐窝，出了研究站的门，一直回头张望。而叫铁牙的大雁，像个夜行警探，蹑手蹑脚地东走走，西望望，最后钻进了茂密的灌木丛。

金瓮河流域的山林溪谷，是候鸟的大粮仓，小鸟们在觅食中找到快乐，也为此付出代价。比如一只小野鸭，以为草丛中的花蛇可做美餐，当它发起进攻时，倒叫花蛇将它掀翻在地，死死缠住，成为花蛇的美餐。可花蛇没得意多久，黄鼠狼又把花蛇给吞了。观察到这一切的石秉德，说大自然每天都上演战争大片，惊心动魄。

练习飞行，是小鸟们最重要的人生课程。如果不把这个本领学好，深秋不能与父母结伴而行，飞越万水千山，它们面临的命运就是死亡。所以这时节林中常有扑棱棱的声音传来，大鸟扇动翅膀教习，小鸟鼓动双翼试图离地，它们知道大自然的日历翻得快，得争分夺秒。

有一天石秉德从林中带回一只受伤的雄性成年东方白鹳，它看来是在飞向一棵老松啄食昆虫时，被偷猎者粘在树杈的超强力粘鸟胶所缚住的。它在努力挣脱的时候，拔出一只腿来，另一只却在挣脱的过程中骨折了，伤腿使它失去重心，垂吊树间。石秉德是听着白鹳的哀鸣，找到那棵树的。盘桓在受伤的白鹳身旁的，是它的伴侣，也就是说，石秉德听到的叫声，其中也有它的呼救声。它试图将那棵树杈折断，可惜老松树杈粗硬，它的嘴巴也不是利斧，石秉德到达时，它只啄开一个小小豁口，离断裂还远着呢。

石秉德给东方白鹳做手术接腿的这天，云果师父又来了。她一眼认出受伤的白鹳，就是在三圣殿坐窝的。她说难怪早起添灯油时，三圣殿顶只有三只小白鹳呢。

云果师父的眉毛显然描过，又黑又弯，还搽了玫瑰色口红。她没佩戴佛珠，但咖啡色僧衣上，别了一朵硕大的银粉色水晶莲花胸针，熠熠闪光。

石秉德给东方白鹳做手术，本来是张黑脸做助手，云果一来，周铁牙就把张黑脸给喊出来了，说："没见云果进去了么，她巴不得做石秉德的助手呢，你咋那么没眼力见儿？"

张黑脸说："她戴的胸针贼亮贼亮的，比猫头鹰的眼睛都晃人，俺怕接好了神鸟的腿，再晃瞎它的眼睛！"

周铁牙踢了张黑脸一脚，说："人家戴那个，是晃石秉德的眼睛来的，鸟眼比人眼厉害多了，它们不怕光，你见过戴墨镜的鸟吗？"

张黑脸倔强地说："咋没见过，短耳鸮——就是长着黄眼珠的家伙，就有大大的黑眼圈，那不是自戴墨镜么！"

周铁牙哈哈大笑，惯常骂他一句："呆子！"

周铁牙这个夏天过得很愉快。外甥女做了瓦城林业局局长后，他再回城，人们对他的热情，果然与他料想的一样，高过以往。他走在街上，认识他的人老远就亲切地打招呼，露出讨好的笑。他去餐馆，没有不给他赠菜的店主，赠的也多为店面的招牌菜，酱鸭、卤鸡、烧鹅、熏鱼，所以他进餐馆，象征性地点俩毛菜，就像撒下鱼饵一样，会轻松钓来肥美的大鱼。

罗玟批准了营林局报送的两个大项目，蒋进发有利可图，对周铁牙也就更为关照，以种种借口，再度提高管护经费，周铁牙活钱多了，肥了自己，自然给张黑脸每月增加了二百元，一百给他本人，一百打入张树森的账户。张阔要是尝不到甜头，周铁牙就会吃苦头。他相信蒋进发退休后，接任他的局长，对他更会高看一眼。

罗玟上任后，很快协调了通讯和电力部门，再过一年，金瓮河候鸟管护站和娘娘庙，将与瓦城一样，可以接打电话，享受光明。人们都夸罗玟能干，前任局长难啃的硬骨头，她一出手就轻松解决了。周铁牙穿得比以往讲究，腰杆也比以往更直，指间夹的香烟，自然上了一个档次。他进城的次数也多了，反正石秉德和张黑脸常在，没什么可担忧的。

石秉德给东方白鹳做完手术的那个傍晚，发电机坏了，云果说不能借亮儿读经书，该回娘娘庙了。话虽如此说，可脚却不动，周铁牙见状，说没电正好唠嗑。

云果莞尔一笑，愉悦地坐在三个男人中间，讲庙里的事情。她说马上就是中元节了，邱德明书记的老婆来娘娘庙布施，说邱书记夜里老梦见死去的父亲，邱老不是在泥潭里呼救，就是在火海里奔逃。他穿得破衣烂衫，饿得面黄肌瘦，诉说他没屋住，没饭吃，没柴烧，没人做伴，看来走得不好。邱书记的老婆想让慧雪师太在鬼节的这天，在娘娘庙给邱老做个专场超度法会，让他的灵魂得到超生。可慧雪师太说盂兰盆节的法会，面向的是所有信众，她不能给邱老做专场法会，不能在这个事情上有分别心。邱德明的老婆嘴上说理解，可走时脸色很难看，还瞪了慧雪师太一眼。

云果说最近德秀师父也不得清静，今年娘娘庙香火旺了，结果将她离异的前夫招来了。他朝德秀师父要钱，说是庙里的功德箱，就是印钞机，每日都进钱，庙里啥也不缺，应该隔三岔五给他三五百的，就算是救济穷人，积攒功德了。德秀师父说每个功德箱都有三把铜锁，一个人开启不了，每次都是三人同时拿钥匙，才能清点善款，登记在册，统一管理。就是钥匙全归她管的话，她也不能拿一分给他，家有家规，庙有庙法，信众供奉，岂容私拿。这男人质问这些钱都干啥了，是不是都被你们揣进个人腰包了？德秀师父说这些钱自然都用在了该用的地方，日常开支，寺庙修葺，印发经书以及慈善救助等。德秀师父的前夫听她这么说，说他就在救助之列。他与德秀师父离异再婚后，老婆得了子宫癌，为了治病，他们将家里的房子卖了，一次次化疗，就是一次次烧钱，最后人没留住，还欠了一屁股饥荒。死了老婆的他，将悲惨命运归咎于他沾过德秀师父的身，所以被恶魔纠缠了，找她要钱，相当于精神赔偿。他威胁她如果不给他钱，就将她身体的秘密张扬出去。周铁牙眼睛亮了，一再追问德秀师父的身体有啥秘密，云果说："那男人没说，就是说的话，阿弥陀佛，我们出家人也不能说哩。"

说完慧雪师太和德秀师父，周铁牙怂恿云果讲讲自己，她为何遁入青灯古刹？云果皱着眉头说："出家得有机缘，机缘成熟了，如同果子熟透了要落地，谁也挡不住的。"

周铁牙听她如此说，知道问不出究竟，也就作罢。这样他们又闲扯了一些别的，金瓮河两岸出没的动物，蓝色系的野花有多少种，夏天的雷甚至冬天的雪，不知不觉夜已深了。谁也没注意到张黑脸何时离开的，因为他坐在哪里，都是倾听者，极少插言，在与不在，没谁上心。只是云果起身告辞时，周铁牙想让张黑脸送她，才发觉他不在的。他们出了屋子喊他，他却在桥上应声了。问他去哪儿了？张黑脸一路小跑过来，通身的汗腥气，说刚打娘娘庙回来。问他做啥去了？他说去告诉德秀师父，她前夫再来庙里刁难她，就来找他，他不能让这个可怜的女人受欺负。周铁牙问他累不累，还能再去一趟娘娘庙吗？未等张黑脸作答，云果说："哪能让张师傅再跑一趟呢，他的脚也不是神仙的脚，连着跑两趟受不了的。"张黑脸若不去，那只有石秉德去了。可石秉德声称刚给东方白鹳做完手术，得随时观察，不能离开，说完赶紧去研究站了。周铁牙为难着，张黑脸说："我还想着再跑一趟呢，刚才忘了嘱咐德秀师父，晚上关庙门时，用手电挨个殿堂照照，那男人可别躲在哪个旮旯，夜里再把功德箱撬了！"周铁牙如释重负，说他应该再去提醒一下，那就麻烦张师傅送云果师父了。

月亮白晃晃的，云果噘嘴的模样，周铁牙看得清楚。他认定云果不是个修习好的尼姑，看来瓦城人关于她的传说，并非虚言。周铁牙待云果走远了，叹息了一声，说："凡心难泯，不如还俗了。"

盂兰盆节的这天，周铁牙和石秉德一大早就进城了。他们既有公事要办，也有私事。周铁牙的公事是去粮库结算上个月所购的玉米款项，私事是给父母上坟；石秉德的公事是去公安局，请他们更严厉地打击偷猎者，不能再发生类似东方白鹳被弄伤的事件了，私事是他读博士生的导师去世了，分散在各地的同学们，相约着阴历七月十五的这天，在网上为导师做个祭奠活动。

他们走前对张黑脸各有交代，周铁牙说娘娘庙今儿会热闹些，若有游客过来，别让他们进屋，游客杂，不见得来的都是好人，万一拿走点什么东西，那就是损失了，如果有讨水喝的，只管舀些水出来，给他们喝。石秉德嘱咐的事，是康复期的东方白鹳，别忘了午间给它喂点杂鱼和玉米，清水也是不能断的。还有，它的伴侣来找它时，不能将其放出，不能让它们现在相见，石秉德说万一雌鹳嫌弃它的伤腿，这只白鹳就很难回归家庭，成为孤鸟了。

张黑脸一一答应着，他们驾车离开后，他先烧了一壶开水，放在院子晾着，预备客人来喝。然后将管护站的门锁上，去研究站看受伤的白鹳。它见张黑脸进来，一瘸一拐地缩到墙角的干草上。张黑脸试图靠近它，可他每向前走一步，白鹳都发出警觉的叫声，徐徐张开翅膀，向他竖起盾牌似的，张黑脸只好站定了，对它说："恩人哪，快些好吧。今儿都七月十五了，再过一个来月，天就凉了，你该带一家人往南挪窝了。你受伤的这些日子，你老婆来看过你好几回呢。她在门外召唤你，你听见了吧？她这阵子没来，是带你们的孩子练飞呢，我见了那仨小家伙，翅膀都硬了，能飞挺高的了。"白鹤似是听懂了，半张的翅膀放下了，温和地看了一眼张黑脸，垂头啄了一下干草。张黑脸将它饮水的瓦罐添了水，撒了几把玉米，说昨天逮的杂鱼不新鲜了，他去捉点蚂蚁给它改善伙食。蚂蚁强身壮骨，他坚信它吃了蚂蚁很快会复飞。

张黑脸将研究站的门也锁上，拿着事先揣在兜里的水杯去捉蚂蚁，这只水杯是透明的，带盖，可以观察捉了多少蚂蚁，还能预防它们逃掉。他记得金瓮河西侧缓坡上有两个树墩，一个松树墩，一个桦树墩，都朽烂了，每年秋天，松树墩旁长出浅褐色的榛蘑，而桦树墩旁丛生的则是嫩黄的桦树蘑，这是大自然对他们的美好馈赠，每年秋天，他都要采摘榛蘑和桦树蘑尝鲜。蚂蚁喜欢在朽烂的树墩里坐窝，所以一逮就是一窝，尤其是暴雨将至时，它们成堆聚集，极易捕捉。此时天气晴朗，不过张黑脸有捉它们的技巧。他先找到桦树墩，折了一根茎粗的蒿子，然后用兜里随时揣着的尖利的石片，去桦树上剥了一块树皮，将树皮里侧黏稠清甜的桦树汁液，均匀地涂抹在蒿杆上，往树墩深处的蚂蚁窝一插，两三分钟，将蒿杆提起，你看吧，蒿杆上密密麻麻地附着漆黑油亮的蚂蚁，只需对着杯口，往里面一撸，蒿杆上的蚂蚁，就扑簌簌地落进杯子里了。张黑脸用蒿杆探宝似的插了十几次，蚂蚁满杯了。他带着蚂蚁回返时，满心欢喜，很想唱歌。但他不会唱歌，就哼唷哼唷地叫，不知道的人听见，会以为他受伤了。

给白鹤喂过蚂蚁，张黑脸又劈了一堆柴火，扫了院子，洗了衣服，看着太阳快到中天了，便打开门，去灶前引火，打算下碗挂面吃。刚将火点起来，院子传来"扑通——扑通——"的脚步声，这么重的脚步声，多半来自男人，可他回身一望，却是德秀师父。是节日的缘故吧，她穿的僧衣不是平素穿的灰蓝和赭色的，而是明黄色的，好像她驾着火轮。她额上热汗涔涔，鞋上落着泥点，看来一路走得急。她见着张黑脸，就像满腹委屈的人见着了久别的亲人，抽噎起来，诉说盂兰盆节大法会上，信众聚集，她前夫又来闹了。他这回不朝德秀师父要功德箱里的钱，而是穿一身灰色破衣，胸前挎个绿帆布挎包，乞丐似的，见人就磕头，说他卖了房给老婆治病，如今老婆和钱都没影了，他没房住，没饭吃，没过冬的棉衣，他都想把自己放进当铺当了，可是他这样的当物，实在太贱，也没人要。他实在过不下去了，求大家帮他渡过难关，不然他就吊死在娘娘庙。来庙里的人，凡认识他的，知他没打诳语，就给他个三十五十的；不认识他的——南方来的候鸟人，那些有钱的主儿，一出手就给他一百二百的，一个上午下来，他的挎包鼓鼓囊囊的，少说也有两三千。本来庄严的法会，被他给搅了，慧雪师太成了配角，他倒成了主角。

德秀师父越说越伤心，她抹着眼泪，抽着鼻子，说原以为出了家，人间的烦恼都没了，谁想庙里不是天上，也是人间，俗事不断，难得清净。早知如此，还不如不落发了。

张黑脸听德秀师父这么说，非常生那男人的气，他舀了一瓢水把火浇灭，要锁上门去庙里收拾他。

德秀师父说："法会散了，他得了钱，回城了。他这么闹，我以后在庙里还咋待呀？但凡庙里的大日子，他不得次次来，次次这么朝人要钱呀。张师傅你说我咋就这么倒霉呢，庙里庙外都不得清静！要不是进了佛门，我真不如找棵树，吊死算了！"

张黑脸叫了声"阿弥陀佛——"，说你是出家人，可不能这么说话。以后庙里再有活动，我去给你把守着，我见了他，先跟他讲讲道理，一个男人不缺胳膊不少腿的，不凭力气赚钱，作践自己，不是让人瞧不起吗？他要是不听，俺就动武的，打出他的屎尿，看他还敢招惹你吗！

德秀师父泪光点点地看着张黑脸，说："他不来闹腾，我还能在庙里继续吃口斋饭，不然他跟人说出俺身体的秘密，我还咋活呀。"

张黑脸愣头愣脑地问："啥秘密？"

德秀师父叹了口气，擦干眼泪，问周铁牙和石秉德哪儿去了。张黑脸说他们进城了。德秀师父轻轻"唔——"了一声，嘘一口气，把灶膛的湿柴撤出，续上干柴，生起火来，给他下面条。

柴火燃烧起来，火苗像风中的野百合，摇曳生姿，发出鼓掌似的声响。德秀师父往锅里倒了豆油，烧开了，用洋葱丁爆锅，然后一瓢凉水浇上去，铁锅发出欢呼声，这时锅里的汤就是夜空，而漂浮的油珠是星星，一派繁华景象了。如此声色，将德秀师父映衬得楚楚动人，她就像一杆勃勃燃烧的蜡烛，通体光明，热力撩人。张黑脸很想抱抱她，但一想她来自娘娘庙，不能碰，便回身吐了口痰，为自己的邪念呸了一口。可当他目光再回到德秀师父身上时，她腰胯的每一次扭动，她屁股撅起时荡平了僧袍褶痕的景象，都令他热血沸腾。他终于忍耐不住，叫了声"老天爷，俺要对不住了——"，从背后一把将她抱住。德秀师父战栗了一下，没有回头，用胳膊肘捶他。开始捶得重，张黑脸忍着，一声不吭，等着她把力气用完。德秀师父耗尽力气，胳膊肘酸软，捶不动他了，人也就渐渐软下来，张黑脸就势搂紧她，把她抱到里屋炕上，做了他们都久违的事情。在那个过程中，恐惧、羞耻加上快乐，他们不住地颤抖。

他们没插门，也没拉窗帘，阳光透过窗户，照着激情过后的不着一物的他们，就像照着两棵刚伐倒的红松，异常宁静，异常凄美。德秀师父侧身躺在炕头，张黑脸侧身躺她身后，他从她头部开始，如触摸自己久别的家门，无比依恋、无比温柔地，让手指自上而下轻轻滑过。当他抚摸到臀部时，感觉她左侧臀尖，坑坑洼洼的，仔细一瞧，那儿竟烙印一个字，似乎是"钱"，他刚要问这是咋回事，德秀师父从他手指的停留处，料他摸到了那个字，说这就是她前夫威胁她的身体的秘密。原来她亲娘是个水性杨花的人，好逸恶劳，父亲在家总是受窝囊气。她六岁的那年夏天，在磨坊撞见母亲和邻村的一个木匠偷情。这个木匠，膝下有五个男孩，就缺女娃，想把她要走。所以被她撞见了也不害怕，说是缘分，把她抱到膝上，从兜里掏出糖果给她吃。她馋糖果，很不争气地吃了。木匠走后，母亲大为光火，称女娃竟敢坐在陌生男人的腿上，一点规矩都不懂，天生的贱人！为了教训她，她把她绑了，用烧红的织衣针，一针一针在她屁股上烫了个"贱"字。德秀师父说自己命不好，与身上烙印这个字有关吧。

张黑脸气愤地说："真是亲娘干的事？"

德秀师父说："是哩，她可能想烙瞎我的眼睛，不敢，就烙我的屁股。女孩子的屁股又不给人看，俺爹都不知道。所以我娘死时，我一声没哭。"

张黑脸抚摸着这个字，喃喃道："俺还以为是'钱'字呢！"

德秀师父本来很伤心，但张黑脸的话，让她忍不住发出凄凉的笑声。她说这也不怪他，"钱"和"贱"，长得真挺像。

张黑脸说："那我就帮你把这字改成'钱'不就结了？"

德秀师父说，这又不是写在黑板上的字，可以擦掉重写。想擦掉这个字，她还得受二茬罪。说完转过身来，定睛看着张黑脸，哆嗦了一下，说自己这下完了，犯了出家人的大忌，慧雪师太要是知道她这样了，非得把她逐出庙门不可。他们这么做，是要遭报应的。

张黑脸结结巴巴地问，能是啥报应？

"兴许让雷劈，让狼吃，让虎咬，兴许让毒蛇缠腰，让冰雹砸脸，总归不会有好果子的。"德秀师父说。

张黑脸说："我饿了，吃饱了再看这些东西来不来整治我们。"

张黑脸穿衣起来，先去茅房方便。德秀师父随之起来，她在穿僧袍的时候，有被火烤的感觉。她去灶房将快烧干的锅，重新添了水，续了柴，下了面条，张黑脸吃了两大海碗，她吃了一小碗，之后他们出了屋子，呆呆地坐在门口望天。

先前还晴朗的天空，浓云滚滚。当阴云越聚越多的时候，雷声响起。他们以为上天要审判他们了，拉紧了手。他们的脸在闪电中失去血色，满眼是末日降临的惊恐神色。

16

张黑脸自从与德秀师父睡过，一到雷雨天，他就穿戴整齐地坐到院子，等待雷劈。他去喂候鸟时，遇见草丛的毒蛇，也不躲闪，以为它会缠他的腰。夜里听见野兽的叫声，他也以为做它们美餐的时刻到了，起身到院子，袒胸露臂，只穿短裤，想着无论是狼还是老虎吃他，比较顺嘴，不用扯烂衣裳，还能省下衣物，给活着的穷人穿。可是雷电击穿的是乌云，毒蛇对林蛙更感兴趣，狼似乎也有它的夜宵，嗥叫几声后，留给金瓮河的，仍是恬静的夜晚。

与他同样有死亡危机感的，是德秀师父。她瘦了一大圈，胸和臀部小了，颧骨和胯骨却因凸出，而显得大了。以前上身后显得紧促的衣服，现在得以施展，穿着都显晃荡了。她每天醒来发现自己还活着，会深呼吸一口，觉得菩萨这是饶过了她一夜。她将用过的被褥使劲在阳光下抖搂，她觉得不洁的她，让它们沾染了灰尘。她进每一重殿，都拎着一条半湿的毛巾，将跨过的门槛仔细擦过，生怕戴罪之身，肮脏了门槛。她做早课，打坐，比以前时间长，也更虔诚。而她做斋饭，侍弄菜圃，打扫殿堂，也比以往更卖力。她说话的声音越来越小，斋饭吃得越来越少，总之，她觉得自己犯了出家人的大戒，不配大声说话，不配消耗粮食，不配礼佛，甚至不配活着。

佛殿与民宅一样，也闹老鼠。为避免杀生，娘娘庙一直不用毒鼠强和鼠夹子。这里香火不旺时，老鼠也算消停，不过在灶房鬼鬼祟祟地出入，像不走空的贼，顺着什么就吃点什么。庙里游人激增后，佛龛前的贡品多了。除了鲜花水果，信众还喜欢给列位菩萨带来各式素点，核桃酥，江米条，长白糕，绿豆糕，油炸馓子，杏仁枣糕，真是应有尽有。老鼠闻之，手舞足蹈，登上佛龛吃倒也罢了，有时它们还蹬翻佛灯，遗下黑心的屎，真是无法无天了。

慧雪师太头疼这些老鼠，想着解决它们的良策，就是尽早将佛龛前的贡品吃掉。娘娘庙只有三张嘴，吃不了这些，她就打发云果师父分送给管护站的人吃。

挨着管护站的研究站最近换人了，接替者名字叫曹浪，与石秉德年龄相仿，他又矮又瘦，小眼睛，塌鼻子，泛紫的嘴唇很薄，招风耳，剃个光头，一副小鬼的模样。他爱发牢骚，总是气不顺的样子，很不讨人喜欢。

云果在石秉德走后去过一次，发现研究站来了新主人，獐头鼠目的，分外失落，本来手持一卷《大乘无量寿经》，打算借光来读，但最后不等发电，就说想起今晚是清点功德箱的日子，早早回了。打那以后，不再过来。所以慧雪师太让她送素点，她说最近身上总没劲，再说脚掌长了鸡眼，走不了远路。云果倒也没说假话，她最近面颊青黄，吃东西时老是失神，目光不动，筷子在碗里不停地扒拉，却不夹食物吃。她提着油壶添灯油时，还打哈欠。她的脖颈和手腕，也没有那么斑斓多姿的佛珠了，就是脖颈上缠绕着一串星月菩提。她也瘦了，不过不像德秀师父瘦得那么明显。

慧雪师太只好让德秀师父去送了。

听说派自己去管护站，正在斋堂摘豆角的她，身子晃悠了一下，坐定后惊愕地仰起头，她瘦得脖子也显长了，她说："要是云果妹妹去不了的话，俺跑一趟也没啥。只是俺拎着点心一路走，老鼠还不得送葬似的跟着哭一路？"

慧雪师太觉得最近庙里的两位师父都不太正常，尤其是德秀师父，像张黑脸一样，常说一些糊里糊涂的话。望见天上的黑云，她说那是雷母下的蛋；看见三圣殿上伫立的东方白鹳，她说也许它翅膀下藏着刀；听见林中异常响动，她远远跪下磕头，说是接她的来了。她们一起清点功德箱的善款时，她看着花花绿绿的钞票，总说这是落叶。

游人黄昏时渐渐散了，娘娘庙归于岑寂。德秀师父关了山门，打扫了各殿堂，喝了半碗粥，提着素点去管护站。她习惯性地抬头望了一眼对岸的炊烟，发现它很浓烈，看来晚炊正在高潮。她想磨蹭着走，这样到了那儿，他们吃完了，就不闻桌上的荤腥了。自从踏进庙门，荤腥在她意识里，是死亡的皮鞭。

德秀师父没提禅杖，她觉得戴罪之身，无需保护了。为了消磨时间，边走边下到沟塘去看花草。茂草中的野花静悄悄地开，那红的紫的粉的白的花儿，有的朵大有的朵小，有的簇生有的单生，不管姿态颜色如何，它们看上去都没心事，恣意开放，不像她满心阴云，总遭霜打。她想自己哪天死了，变成一朵花也好。与她一样贪恋花儿的，是翻飞的蝴蝶。它们的羽翼就像姑娘穿的花裙，蓝紫红黄绿白皆有，它们参加舞会似的，与金莲花轻舞一曲后，又飞入千屈菜的怀抱，在千屈菜的怀抱没有多久，又飞到五瓣的老鹳草身上，用裙边扫它的脸。德秀师父以往只注意到蝴蝶的美丽和自由，没想到它还这么风骚！它这搂搂，那亲亲，不犯戒吗？最后她想明白了，蝴蝶犯戒和不犯戒，终不能获得长生。到了深秋，它们的花裙子就七零八落了，不能再飞，在林地像毛毛虫一样蠕动，瑟瑟发抖，等待死亡。如此说来，它们风华正茂时尽情欢娱，等于积攒死亡的勇气，有啥不可饶恕的呢？就是她自己，当她痛悔与张黑脸做下那样的事情时，更深人静，她也会不由自主想起那天的情景，想起他健壮的躯体散发着的野马似的气息。

　　德秀师父这样想着，心里似乎敞亮一些，当她发现一片马莲草托着一颗圆润的水珠时，吃惊极了！她确信这是一颗甘露，因为夕阳还在，晚露未生成呢。她听一个进香的居士说，昆虫汲取各种植物汁液，经由它们酿造，将精华的部分吐露出去，就是甘露。

德秀师父觉得这是上天赐予她解脱痛苦的甘露，于是俯下身子，想啜饮了它。它被夕照映照得晶莹剔透，散发着琥珀的光泽。她伸出舌头，可是舌尖刚触着它，它竟像长了脚似的，沿着叶脉一路下滑，直坠草丛。它的坠落在德秀师父心里，比落日的坠落还要触目，她真切地听到了"嘭——"的回声，她想菩萨这是不想饶恕她了，她起身的时候泪涟涟的，又是满心迷茫了。

德秀师父呆呆地坐在草丛中，直至日落，各色花草失了颜色，这才起身。她走过月牙桥时，深深叹息了一声。

半轮月亮升起来了，德秀师父熟悉的木房子里，坐着的是张黑脸和曹浪，周铁牙又进城了。

德秀师父和张黑脸对望的一瞬，先是各自打了个激灵，慨叹都还活着，没遭报应，接着他们在心底向对方发出心疼的呼喊——咋瘦成这样啦？

曹浪初次见德秀师父，他见一个穿僧衣的女人进了门，就知她来自娘娘庙。他不像石秉德，因东方白鹳在娘娘庙安家，三番五次察看，得以认识庙里的师父们。

曹浪讨厌他目下的研究，所以石秉德走后，他对金瓮河流域候鸟种群的生存状况，并不关心。就是那只受伤的白鹳，也被他放出研究站，说白鹳不恢复自主觅食能力，不经历风雨，冬天到来之前，它就没法跟着候鸟群迁徙。按他的说法，总把它关在研究站，即便伤愈，翅膀也软了，很难与蓝天为伍了。这只白鹳，因腿伤难以飞起，就在研究站对面的河谷栖息，张黑脸每日给它投食，而它的伴侣，也时常带着孩子们来看它。

周铁牙认为，这个不喜欢野外生活的曹浪，其实比石秉德更懂得候鸟。有一天曹浪酒后吐真言，说石秉德家世好，有资源，贪恋名声，是个好大喜功的家伙。建立金瓮河候鸟研究站，是为他的履历表增加辉煌的一笔。他打个前站，以后陆续派来的，是他的研究团队的成员。他们在下面实践所得，要定期汇报给他，研究成果虽说归属团队，但其实主要是他。一场战争胜利了，人们记住的都是司令官，谁会记住冲锋陷阵的卒子呢！曹浪负气地说他混两个月，如果秋天无人接替，他就回返。所以他回瓦城，总要或邮件或短信给石秉德，问他是不是该回去了，说人间天堂得大家轮着来啊。曹浪也因此咒骂瓦城当官的都是饭桶，建立候鸟管护站，电力和通讯却没跟上，在当代社会，这不是把自己逐出地球的自杀行为吗？他爱进城，发个邮件，看个小病，甚至洗个澡，剃个头，都是他进城的理由。他还嫌相邻的是姑子庙，不敢招惹尼姑，不然找她们打个牌，逗个趣，也能打发寂寞啊。云果师父不待见他，他真切感受得到，她看他时一副无良的有钱人对待乞丐的表情，仰着脖子，斜着眼睛，撇着嘴，满面嫌恶，好像他是一坨狗屎。而他看她，除了那一件僧衣和光头，显示着她的身份外，她与都市那些图慕虚荣的女孩，没啥气质的分别。也就是说，他望见的不是清水。所以曹浪对云果，也显示出鄙夷，拿眼瞟她，拿嘴撇她。

而娘娘庙这次来的师父，却与云果不一样，她粗手大脚的，面貌忠厚，说话与张黑脸有点像，不着边际，惹人发笑。她进屋坐下，放下吃食后，就嘀咕说为啥月亮总是亏，一个月圆不了几天，而太阳却从来不亏，总是圆的，谁见过半个太阳呢——除非那是被阴云遮住了或是天狗吃太阳了。张黑脸回答她说："太阳是男的，精气旺，月亮是女的，每月不得流几天经血么，能不亏吗？"这话让曹浪笑弯了腰，心想自己这是与两个天外来客遭逢了。

曹浪沏茶，吃起素点，赞叹娘娘庙的吃食好。德秀师父喝了半杯茶，意识恢复了正常。她问曹浪，娘娘庙三圣殿上的候鸟，秋后会迁哪儿过冬？曹浪说它们也许去了鄱阳湖，也许去了香港，也许去了印度，或是日本有温泉的地方，总之哪儿适合它们，它们就去哪儿。反正天上没有海关，它们哪里都能去的。德秀师父羡慕地说了句"真是仙人啊——"，之后对张黑脸说，月亮想是西去了，她也该回庙了。张黑脸埋怨她忘了带禅杖，一个人走不安全，要送她回去，德秀师父温顺地点了点头。

他们走到月牙桥时，张黑脸悄悄对她说，他死不了了，因为叫树森的白尾鹞死了，他眼见着老鹰把它吃了。看来那只白尾鹞，知道菩萨要惩治他，代他死了。他建议德秀师父也认一只鸟叫德秀，这样她的命就保下了。他列举了可做猛禽食物的小鸟，雨燕、红点颏、苏雀、啄木鸟等，让她选择一种，他去林中找寻，寻到了就命名。

德秀师父并不知道有一只白尾鹞叫树森，而这确实是张黑脸的原名。可她不想认领一只鸟来为自己抵命，那不是杀生么。张黑脸听她反对，不再强求，只是对她说，如果觉得自己要死了，就往他这儿跑。如果她身上附着雷，可以把雷导给他；如果她身上缠着毒蛇，他可以捏住毒蛇的咽喉，他愿意为她去死。

德秀师父被感动了，她扯着张黑脸的衣襟，问惩罚究竟啥时降临？张黑脸说兴许他们犯的罪不够重，要不就再犯一次？说着，把德秀师父扯着自己衣襟的那只手，紧紧抓住。她的手先是激烈地想抽回，一次次地拔，试图冲出围场，待她拗不过他的力气，抵御不了他的大手那如电似火的热流后，这只手就松懈下来，乖顺下来，成了他荒寒手掌的一把温暖的柴草。张黑脸稳稳地抱起她，下了桥，就在桥下湿地里，他们疯狂地成了再犯。他们紧紧缠绕，制造出清泉流过的淙淙流水声，惊扰了附近的虫鸟，发出叽叽咕咕的嘀咕声。德秀师父望着半轮西去的月亮，轻语呢喃，仿佛应和着虫鸟的鸣叫。他们身下的蒲草、狭叶慈姑和泽苔草，无论叶茎柔韧的还是脆弱的，无论条状的还是心形的，被他们的身体碾压得大多折腰和心碎，不过它们觉得值，它们感受了从未沾染的雨露，它来自人身，比大自然的雨露要腥咸——别是一番滋味。

17

初秋时节，瓦城出了件大事，四个传播候鸟神话的人，在如意蒸饺店吃饭时，被警察带走了。

四人中三男一女。两男一女是本地人，修鞋的和开出租车的是男人，女人是开音像店的。而另一位外地人，就是住在张阔家的画家，他是被出租车司机载来的。出租车司机常修鞋和租碟片，所以与另两位熟，而画家最近常约他的车，也混熟了，刚好在午饭当口，画家问瓦城有啥特色小吃，出租车司机说如意蒸饺店的驴肉蒸饺美味，于是他们就来了。四个人脚前脚后进了这家店，彼此相识，凑到一桌，每人点一种馅的蒸饺，叫了一瓶高粱烧酒，以及花生米和牛百叶等下酒小菜，快意吃喝。

候鸟的神话，是出租车司机引的话头，他说这次回归的候鸟，翅膀携着雷电，劈向的都是人间恶魔。修鞋的说它带雷电没趣，要是携带金币，他就每天拿着钱匣子去接。他们在议论中，自然说到了邱老，听说邱德明自打父亲死了，情绪消沉，夜里睡不好觉，中医院的老中医每晚上他家给他针灸，也不见效，所以电视新闻中的他，变了个模样，又黄又瘦，难民似的。他们猜测邱老其实死于禽流感，只不过对外不敢公开而已。他们毫不忌讳地谈论着，全然不顾邻座的食客中，瓦城政法委副书记在座，他一直想在仕途上更进一步。如今邱德明当了书记，分管干部，他觉得捍卫了邱书记的尊严，邱书记会感动，自己升迁的步伐将加快，于是一个电话打给公安局分管治安的副局长。一个小时后，当四人ＡＡ制结完账，酒足饭饱出门的一瞬，公安局治安科的警察，将他们带上警车。说他们聚众扰乱公共场所秩序，故意传播虚假恐怖信息，触犯了刑法。

在餐馆聚餐，说说候鸟的神话，议论下邱书记和死去的邱老，就被抓去，这消息从如意蒸饺店飞速传开。与这四人相关的亲属，很快得知，纷纷奔向公安局要人。修鞋的老婆拊掌大哭，说他们家上有老下有小，就靠丈夫修鞋为生，要是男人坐了监牢，她又不会修鞋，一家人没吃的，她就去公安局上吊；开音像店的女人的丈夫更不是好惹的，他是建筑包工头，五大三粗的，无日不酒，他醉醺醺地提着一截钢筋过来，说谁敢动他女人一根毫毛，就戳碎他的卵子；开出租车的老婆是个护士，比较文静，但她哥哥，也就是出租车司机的大舅哥，是屠宰场的老板，手下干活的，多是出狱的兄弟，他带来的三个人，杀气腾腾；而那位画家，为他喊冤的是公安局干警都很头疼的张阔，她说作为画家的房东，房客有难，她得相助，她说画家被押一日，她那里就少收入一日房租，公安局理应赔偿她。

这群与被抓者相关的人，聚集在公安局门岗外的福照大街，这条街本来人就多，加之是下午上班高峰期，吸引了大批看客，福照大街交通堵塞。突发的公众聚集性事件，很快汇报到邱书记那里。分管公安工作的政法委副书记，用讨好的语气细述原委，说这是捍卫他的尊严，以后绝不允许瓦城有诋毁邱书记的人存在。邱德明听后震怒，勒令他们无条件地立刻放人，邱德明还立即召开维稳紧急工作会议，点名批评涉事的两位领导。但邱书记也表示，人们过度演绎候鸟的神话，对经济发展和人民的团结不利，宣传部门在此时应发挥应尽的责任，多做些引导工作。

虽然被带去的人很快都放了，但恐惧感蔓延，人们在公共场所，不敢演绎候鸟的神话，更不要说议论瓦城的头头脑脑了。

最倒霉的是如意蒸饺店，它的生意一落千丈。人们说店主巴结官员，在每台餐桌下安装了窃听器，所以食客才倒霉，他们根本不信是政法委副书记出卖的他们。如意蒸饺店的老板娘万分冤屈，干脆录了一段告白，用喇叭广播出去，在店门口循环播放："顾客是伟大的上帝，如意蒸饺店就是您忠实的仆人，要是保护不了顾客的安全，如意蒸饺店的人都是狗娘养的！不管您来自哪里，只要带着一张嘴来到我们小店，就是挚爱亲人啊。这里的蒸饺暖人肠胃，让男人有力气，让女人更温柔，给您的生活增添幸福指数，来吧朋友！"

但不管这声音怎样回荡在平安大街，人们对它还是望而却步。实在忘怀不了这美味的，买了蒸饺打包回家吃。敢在店里坐下的人，都像吃丧饭似的，阴沉着脸，一声不吭。店主气不过了，闹到公安局，说他们的莽撞行为，让自己蒙受不白之冤，让小店营业额锐减，他们应该恢复她的名誉，赔偿经济损失。

跟如意蒸饺店店主一样备受煎熬的，还有老葛。他没料到女儿竟无意走父亲为她设置的道路，不愿离开私人幼儿园，说挣得多，自由，和孩子在一起又很快乐。老葛觉得蹊跷，侧面一了解，女儿竟跟幼儿园一个小朋友的父亲好上了，这男人在地税局工作，三年前妻子病故，比老葛女儿大十八岁。老葛很少和妻子立场一致，但在女儿的恋爱上，同声反对。他们说一个黄花闺女，凭啥给人当后妈？

老葛觉得女儿的事办不成的话，自己不能亏着，要不白在周铁牙身上浪费精力和金钱了。他要提干，说罗玫局长给他提个副科级，哪怕是个副科级员，他的协警身份都会改变，工资会涨很多，养老就有保障了。周铁牙也不客气，说你对单位有啥贡献，咋提干呀？老葛说只要官场有人，傻子都能当领导，他举了两个周铁牙也知道的实例，谁谁家的孩子高中都没毕业，呆头呆脑的，就因叔叔是领导，很快从一家企业单位的办事员，被提拔到事业单位当副科级领导；谁谁又给邱德明送了二十万，不出仨月，这人从农委的副主任，提拔到组织部当常务副部长。见周铁牙不语，老葛又把那段录像翻出给他看，说自己最近苦闷得很，睡眠很差，记性不好，手机丢了两回了，好在都找回来了，万一哪次再丢，落到坏人手里，他周铁牙可就遭殃了。

周铁牙恨得牙根痒痒，骂他："还有比你更坏的人吗——"他威胁老葛，若把他逼急了，他就找黑道的人，让他出个交通意外，或是在他所购的食品中埋藏点毒药，要他小命，不是难事。老葛闻听此言，有如五雷轰顶，脸色大变，张着大嘴，半晌说不出话来。因为他相信，周铁牙什么横事，都干得出来。

老葛自此寝食难安，走路溜着边，过十字路口，哪怕是绿灯，也左顾右盼的，唯恐哪辆车是被周铁牙买通的，撞他个魂飞魄散。他去副食店买酱牛肉或是蒜香猪手，本来已买到手了，可是一想店主人与周铁牙私交甚好，就疑心被下毒了。食品售出不能退掉，他出了门就把它们丢给游荡的狗了。狗等于过了大年，欢天喜地吃掉。老葛观察狗会不会突然痉挛，口吐白沫，可是没有，他往家走时，狗还心存幻想地跟着他，一直摇着尾巴把他送进家门，让他无比沮丧。

张黑脸与德秀师父二度交欢，带给两个人的煎熬是相似的。他们一方面战战兢兢地等待神灵的审判，同时又无比渴望第三次的欢聚。张黑脸每天给恢复期的东方白鹳投食时，总要朝拜一下金瓮河畔被他们碾压过的那片湿地，那片草笑过了头似的，还没直起腰来。张黑脸想到了年底，他们都还活着的话，就劝德秀师父还俗，他会娶她。他也因此在回城剃头吃饺子时，给女儿下了通牒，年底前把房子腾出来，摘掉家庭旅馆的牌子，他们必须搬回自己那儿住。张阔翻着白眼问这是为啥？张黑脸说，张树森要把这儿做洞房了。张阔想起银行卡持卡人的名字，心里哆嗦着，颤声问："张树森是谁呀？"张黑脸满腹委屈地说："你连老爹都不认了吗！"

直到此时，张阔才发现，自己竟和她鄙视的周铁牙一样，爱的是一个呆傻的老爹。当老爹的意识觉醒，她却如入暴风雪，这令她痛苦。老爹回到管护站后，她连喝三顿大酒，在酩酊大醉的时刻，做了种种思考，最后以她朴素的人生哲学，觉得人终归一死，穷过富过都是过，有一个可以对她发号施令的老爹，也是福气。所以她在心底接受了父亲的建议，打算年底前将她居住的这座院落复原，她也跟丈夫说，要尽快让他们楼房的租户搬走，老爹要当新郎了。张阔的丈夫骂："一个傻子，快他妈进棺材了，结的什么婚！"

老爹会喜欢上谁呢？张阔百思不得其解。他在管护站，回城出入的场所就那么几家，难道他和理发的或是开饺子馆的好上了？张阔将他可能接触的女人想了个遍，觉得没一个具备这个条件，她们都有丈夫不说，还都是安分守己的女人。那么问题该出在管护站了，而那里能接触到女人的地方，只有一河之隔的娘娘庙了，难道老爹竟和尼姑好上了？

张阔虽然不去娘娘庙，但她对三个尼姑不陌生。尤其是陈金秀，也就是如今的德秀师父，她的出家，瓦城人尽人皆知。最近住在张阔家的画家，常去娘娘庙，带回不少松雪庵的速写，她得以见识另两位出家人的样貌，慧雪师太高而瘦削，目光慈祥，气质沉静，看上去超凡脱俗；而那个叫云果的虽着僧袍，体态婀娜，眉眼也好，却给人一种旧照片上色的感觉，有点俗气。如果老爹和尼姑好，一定就是陈金秀了。他们年龄相当，且早就相识。而画家速写中的德秀师父，也一副在情感泥潭中挣扎的模样，木呆呆的，分外憔悴。

张阔想老爹要娶的若是陈金秀，她会坚决反对。她做了尼姑，如果还俗嫁人，还不被人戳破脊梁骨？再说这个女人命不好，谁跟着她谁倒霉。

中秋节前一天，张阔买了月饼，打了一辆出租车，去看老爹，一探究竟。她先去了庙里，给三圣殿的送子娘娘磕头，并看了看殿顶那传说中的送子鹤。一只白鹤单腿立着，缩着脖颈，似在梦游。它的白羽如雪，黑羽隐隐泛着华贵的紫色和绿色，最明媚的是它那双鲜艳的脚，像盛开的红百合。

张阔看完白鹤，朝山门外走去，路过菜地，见德秀师父正在拔红萝卜。松雪庵土质肥沃，并不板结，可她拔个萝卜累得气喘吁吁的，当她抖搂萝卜带出的泥时，她脸上的汗珠，以她脸上纵横的褶痕为路径，纷纷逃跑。

张阔清了清嗓子，叫了她一声陈阿姨，问她还认得她不？她是张树森的女儿。德秀师父闻听此言，一个趔趄，差点扑倒在地，她努力站住，缓缓直起腰，吃力抬起头，定睛看着张阔，喃喃自语道："是你——俺认得——阿弥陀佛，你要用鞭子抽俺——，俺都没说的，阿弥陀佛，犯了罪的人就该受罚的——"她这一番颠三倒四的话，让张阔明白她和老爹之间有了私情。德秀师父脸上褶痕中还没来得及逃到泥土中的汗水，让她有着了毛毛虫的感觉，害痒，德秀师父扔下通红的萝卜，擦脸上的汗水时，手上沾染的泥土与汗水混合，嵌入皱纹，使她脸上仿佛盘桓着一条蜿蜒曲折的泥墙。张阔的心剧烈痛了一下，她快步走出山门，上了出租车，没去管护站，直接回城了。她一路上含着泪，将带给老爹的十块月饼全都吞掉了。月饼甜腻，可她嘴里心里却被苦味浸透了。

18

天凉了，霜来了。金瓮河流域由初秋到深秋转换的速度极快，山林的树叶和岸边湿地的草叶，几乎一天一个变化，大自然也进入了情感最为饱满的时期。你看吧，昨天还是微黄的一片草叶，今晨感染了清霜，被阳光一照，它就仿佛畅饮了琼浆，心都醉了，通体金黄。而今天还是微红的一片树叶，被冷风吹打了一夜，太阳一升起来，它就贪婪地吸吮光芒，结果火焰似的阳光，把它的脸烧得红彤彤的了。风在此时成了媒婆，上午让两片草叶矜持地对望，下午就将它们吹得扭结在一起，紧紧相拥；昨天还不相识的两片树叶，一片在杨树上，一片在白桦树上，风挟持着它们，脱离树身，飞呀飞

·

呀，最终飘落一处，也许是沟塘，也许是铺满松针的松树下，入了洞房。风儿成就的姻缘，热烈，短暂。如果一场秋雨袭来，草叶和树叶就被沤烂了，它们脸上生了霉斑，叶片出现裂纹，破衣烂衫的，风华不再。而它们身上，秋虫哀鸣，一派荒芜。

即将进入冬眠的动物，为着多储存一些热量，干枯的蘑菇，零落的浆果，松子，橡子，都往肚里填，都往洞穴搬运。而金瓮河两岸的夏候鸟，也做好了迁徙的准备。它们与出远门的人一样，打点行装，补充能量。它们的行装就是翅膀，为了让它更加刚健，它们去河里尽可能多地捕捉鱼虾，对管护站投食的谷物也呈现出前所未有的热情。它们也比以往更迷恋飞翔，从河畔飞到山谷，从矮树丛跃到高树，尤其是出生于此的小鸟，要跟上候鸟群迁徙的步伐，不想被风雪埋葬，更要把翅膀磨炼得是搏击长空的利剑。要知道天空也有坎坷——变幻的气流，难料的暴风雨，以及准备饱餐它们一顿的天敌所组成的追兵。所以此时的山林最不寂静，植物干枯以后，没有水分浸润，都成了扩音器，它们的飞起降落，翅膀拍打落叶所发出的声音，鼓掌似的，这里落了，那里又清晰响起，好像大地这一季的辉煌伟业，要由它们一赞再赞。

中秋节的庙会过后，云果师父云游去了。她来松雪庵后，是首度云游。去哪儿她没说，只说落雪之前回来。庙门以外的人说起这事，大多没好听的，有人说她去打理从贪官那儿得来的财产去了，有人说她整容去了，还有人说她私会相好的去了。周铁牙说，要是云果真的去找男人了，一定是石秉德。他还撺掇曹浪，回瓦城时别忘了给石秉德打个电话，问他见没见到云果？

候鸟做着迁徙准备，候鸟人也一样。来娘娘庙的游客明显少了，外地的候鸟人在冷风中竖起衣领，退掉旅馆，离开租屋，渐次南飞了。本地的候鸟人也开始了迁徙准备，将闲置一冬的房屋做暖气报停，打点行装。此时的行装差不多是故乡吃食小仓库，因为大大小小的行李中，除了在南方过冬必备的衣物，蘑菇木耳、榛子松子、豆角干、西葫芦干、烘焙的野生浆果等这些瓦城人喜食的干货，以及他们吃惯的东北的芸豆黄豆大米小米，塞满了行装。当然行李中也有宠物箱，那是出发时携带猫狗的笼子。

到了此时，你去瓦城的平安大街走一圈，会发现候鸟人打招呼问候的方式，较初春他们归来时大不一样了。那时他们通常说的是"哎呀，还是有点冷啊，这地方真不中待啊"，现在说的大都是"哪天的航班？再不走雪来了，就得捂上棉衣啦"，那些无力做候鸟人而又渴望温暖阳光的老人们——人群中的留鸟，听到这样的招呼，都会撇起嘴，做出不屑的姿态，他们在瑟瑟冷风中，抄着袖子踅进酒馆，买醉去了。若是人多，聚在一起，又开始演绎候鸟的神话了，说候鸟人有啥好？你看今冬，邱老和庄如来不就不能南飞了吗？他们最后那把灰，不是还埋在瓦城了吗？

但候鸟人还是陆续南飞了，瓦城的机场，火车站，又喧闹起来。

德秀师父的前夫，在中秋节的松雪庵庙会上，又上演了一出苦情戏。不过他这次没威胁她，且讨钱的方式也文明了，提来一笼麻雀，卖给信众放生。他卖麻雀时，鼻涕一把泪一把地诉说自己的不幸，人们可怜他，高价买麻雀放生。笼中的麻雀获得自由，他的腰包也鼓了。目睹这一切的德秀师父，心中并无刺痛感，她已麻木了，每天想着的就是遭报应。

德秀师父喝水时觉得会被呛死，跨门槛时觉得会被绊倒摔死，切菜时觉得菜刀会飞舞起来，砍了她的头，走夜路时觉得狼会出其不意地叼住她的裤脚，把她吃得连骨头渣子都不剩。她觉得没这么快遭报应，是因为所受的折磨还不够，所以她找过张黑脸一次，主动求欢，说那样的话，自己的痛苦越深，被打入地狱的节奏就会加快。

此时的张黑脸，倒比德秀师父要清醒得多，他拉着她的手，拒绝了她的要求，说要等她还了俗，体体面面和她过日子，去床上做。德秀师父失落地离开，经过月牙桥时，不断叹息，觉得自己动了邪念，已是犯罪。她还想，如果这一世不遭报应的话，下一世也逃不掉的。下一世的报应会是啥呢？堕入畜道，变成牛马，被狠心的主人用皮鞭日日抽打，还是被投入火海中受煎熬？她越想越怕，越怕越要想。想得头皮发麻时，她就朝管护站方向张望，满眼迷茫。

云果走后，添灯油一类的事务，德秀师父就得承担了。可她不是把灯油添得溢出，就是错将佛龛的花瓶当灯，将灯油洒在那儿了。在法物流通处，有香客要买北菩提，单价七八十元的手串，她收了百元大钞后，往往要找还人家一张面额五十元的，人家说找多了，她攥着还到她手中、让她重新找零的五十元面钞，非常惶惑，喃喃自语："啥是多，啥是少？"她竟连钱的面额都认不得了。

金瓮河因两岸草木凋敝，陡然开阔了。风儿像一支刚劲的笔，将盛夏时节山林这大块文章，去除枝蔓，删繁就简，使之更有精气神。夏候鸟在迁徙之前，在河里尽兴地搅起涟漪，画出一个套着一个的空心圆，似乎在与河流吻别。雨燕飞走了，野鸭飞走了，大雁见落叶越积越厚，霜也愈来愈重，也做好编队，只待出征了。首度来金瓮河安家的东方白鹳，有一家已经远行了。

张黑脸看着夏候鸟渐次南迁，为那只有腿伤的白鹳而心焦，因为它每一次起飞，都要在地面助跑很久，勉强跃起，也飞不高。曹浪没听从石秉德的，未等最后一批夏候鸟迁离，先回大城市去了，研究站的门，就此封上了。周铁牙大多的日子泡在瓦城，偶尔驱车回来一趟，送点给养，也不过夜。他对张黑脸说，只要大雁和东方白鹳南飞，这一季的工作就宣告结束，可以回城。如果那只受伤的白鹳飞不走的话，不用管它，那是它的命。

张黑脸表示，这只东方白鹳不走，他就不撤。

周铁牙说："白鹳是幌子，你惦记着德秀师父吧？"

张黑脸也不遮掩，非常认真地说："俺和我，两样都惦记着。白鹳得让它飞，娘娘庙的人，俺会让她长出头发，冬天时娶她回家。"

周铁牙哈哈一笑，只当他说胡话。

大雁在一个晴朗的早晨，在河畔聚集，给自己开欢送会似的，呀呀叫着，相互拍打翅膀，分批飞起，在空中集结，排成人字形，离开金瓮河了。它们在天空的姿态，就像一艘远航的战舰。

最后一批东方白鹳，选择的则是黄昏时分迁徙。三只成年白鹳，带着它们在这儿孵育的五只白鹳，在落日中起飞。它们选择的列队方式是，那对夫妻白鹳，雄性的在前领航，雌性的在中间，与来自两个家庭的五只新生白鹳并肩而行，断后的是三圣殿上的那只成年雌性白鹳。它在迁徙之前，来到金瓮河畔，看望它的伴侣。它们交颈低语，耳鬓厮磨，恩爱不舍。当断后的雌性白鹳追随它们的孩子，飞向天空的刹那，落日血红，它就仿佛衔着落日在迁徙，孤独地留在大地的那只受伤的白鹳，仰望天空，发出阵阵哀鸣。

一场又一场的霜，就是一场又一场大自然的告白书，它们充分宣示了冬天即将到来。夏候鸟飞走了，山林陷入了短时的寂静。那只无法离开的东方白鹳，并不气馁，它孤独而顽强地在寒风中，一次次地冲向天空，一次次地落下，再一次次地拔头而起。每当听到它飞起后又无奈落地的沉重声响，张黑脸都要难过很久。他想着如果它落雪前不能飞走，就把它抱进管护站，饲养一冬。他不能让明年春天它的伴侣飞回时，见不到它的踪影。

张黑脸做好了为这只白鹳而留守管护站的准备，甚至要推迟婚期。他修炉子，将掉皮的墙泥抹平，将窗户钉上防风的塑料布，将门槛用棉毡裹上。他还去山里拾柴，一个冬天下来，火炉不知要吞掉多少柴火呢。一日下午，他正准备去拾柴，听见空中传来"嘎啊——嘎啊——"的叫声，是一只东方白鹳飞回来了，它直奔河畔受伤的白鹳。张黑脸欣喜地奔过去，一望，果然是受伤白鹳的伴侣。看来它将孩子们顺利送上迁徙之旅后，还是放不下它的爱侣。

"雪就要来了，抓紧飞吧，你们能行的——"张黑脸每日给它们投食时，都要这么鼓励一句。它们似乎听懂了，在与时间赛跑，很少歇着。它们以河岸为根据地，雌性白鹳一次次领飞，受伤白鹳一遍遍跟进，越飞越远，越飞越高。终于在一个灰蒙蒙的时刻，携手飞离了结了薄冰的金瓮河，渐渐脱离了张黑脸的视线。

那天晚上，张黑脸吃过饭，刮了胡子，就往娘娘庙走去。他本来是想求慧雪师太，让德秀师父还俗，可他走到中途一想，云果还没回来，万一他带走了德秀师父，慧雪师太一个人在娘娘庙，那怎么好？

张黑脸于是折身而归，这时天空飘起了雪花，簌簌的落雪声，让他觉得那对白鹳走得真是及时。

第二天早晨，张黑脸还在酣睡，被"嘭嘭——"的敲门声惊醒了，是德秀师父，因为下雪模糊了视线，她没望见管护站的炊烟，以为佛主惩罚了张黑脸，他已下世，故来看看。她说无论如何，也要排开一切险阻，最后见他一面，所以提了禅杖。可是因为心急，路上摔了一跤，她把禅杖跌到山下去了，也没顾上捡回。

德秀师父为张黑脸做了早饭，他们每人吃了一碗面条，之后去山里拾柴。下雪的缘故，柴火被雪掩埋了，分辨不清，再说他们迷恋两个人在雪地无言行走的那种踏实和幸福感，所以忘却了拾柴，一路向南，走了很远很远。直到中午，他们觉得肚子有些饿了，准备回返时，德秀师父首先看见松林的白雪地上，似有几朵橘红的花儿在闪烁。她叫着"阿弥陀佛——"，拽着张黑脸奔向那里。那傲雪绽放的花朵，原来是东方白鹳鲜艳的脚掌！那两只在三圣殿坐窝的东方白鹳，最终还是没有逃出命运的暴风雪。

这两只早已失去呼吸的东方白鹳，翅膀贴着翅膀，好像在雪中相拥甜睡。张黑脸指着它们对德秀师父说："这只白鹳叫树森，那只叫德秀，我和你，你和俺，就是死了，咱把它们埋了吧，要不乌鸦和老鹰闻到了，就把它们给吃了。"

雪下林地还未冻实，他们没有工具，为两只硕大的白鹳挖墓穴，只能动用十指。他们从中午，顶风冒雪，干干歇歇，一直挖到傍晚，十指已被磨破。当他们抬白鹳入坑时，那十指流出的鲜血，滴到它们身上，白羽仿佛落了梅花，它们就带着这鲜艳的殓衣，归于尘土了。

张黑脸和德秀师父葬完东方白鹳，天已黑了，他们饥肠辘辘，分外疲惫。当他们拖着沉重的腿向回走时，竟分不清东西南北了，狂风搅起的飞雪，早把他们留在雪地的足迹荡平。他们很想找点光亮，做方向的参照

物，可是天阴着，望不见北斗星；更没有哪一处人间灯
火，可做他们的路标。

2017年8—10月　一稿

2017年11月　二稿　哈尔滨

后记：渐行渐近的夕阳

去年夏秋之际，我在哈尔滨群力新居，住了四个月。其中大半精力，投入到了《候鸟的勇敢》的写作上。

这套可以远眺松花江的房子，面向群力外滩公园。每至黄昏，天气允许，我总要去公园散步一小时。夏天太阳落得迟，也落得久长，西边天涌动的深深浅浅的晚霞，忽而堆积起来，像一炉金红的火；忽而又四处飞溅，像泣血的泪滴。当我迎着落日行走时，常被它晃得睁不开眼，一副半梦半醒的模样；而与它背行时，夕阳就是架在肩头的探照灯，照得脚下金光灿灿。

夕阳中总能看见各色鸟儿，在树林和滩地间，飞起落下。常见的是仿佛穿着黑白修身衣的长尾巴喜鹊，还有就是相貌平平的麻雀了。麻雀在此时喜欢聚集在一棵大树上，热烈地叫，好像开会讨论着什么。有时我起了顽皮，会悄悄走过去一摇树身，让它们散会。

我散步的时候，脑海里常翻腾着正在创作中的《候鸟的勇敢》，候鸟管护站，金瓮河，娘娘庙，瓦城的街道，这些小说中的地标，与我黄昏散步经过的场景，有一种气氛上微妙的契合。不同的是，小说故事由春至冬，而创作它历经夏秋。

我们所面对的世界，无论文本内外，都是波澜重重。夕阳光影下的人，也就有了种种心事。所以《候鸟的勇敢》中，无论善良的还是作恶的，无论贫穷的还是富有的，无论衙门里还是庙宇中人，多处于精神迷途之中。我写得最令自己动情的一章，就是结局，两只在大自然中生死相依的鸟儿，没有逃脱命运的暴风雪，而埋葬它们的两个人，在获得混沌幸福的时刻，却找不到来时的路。

这部小说写到了多种候鸟，而最值得我个人纪念的，当属其中的候鸟主人公——那对东方白鹳。我爱人去世的前一年夏天，有天傍晚，也是夕阳时分，我们去河岸散步，走着走着，忽然河岸的茂草丛中，飞出一只我从未见过的大鸟，它白身黑翅，细腿伶仃，脚掌鲜艳，像一团流浪的云，也像一个幽灵。爱人说那一定就是传说中的仙鹤，可是它缘何而来，缘何形单影只，缘何埋伏在我们所经之地，拔地而起，飞向西方？爱人去世后，我跟母亲说起这种鸟儿，她说她在此地生活了大半辈子，从未见过，那鸟儿出现后我失去了爱人，可见不是吉祥鸟。可在我眼里，它的去向，如此灿烂，并非不吉，谁最终不是向着夕阳去呢，时间长短而已。因为八九十年，在宇宙的时间中，不过一瞬。我忘不了这只鸟，查阅相关资料，知道它是东方白鹳，所以很自然地在《候鸟的勇敢》中，将它拉入画框。

从1986年我在《人民文学》发表首部中篇《北极村童话》，到2018年《收获》杂志刊登这部《候鸟的勇敢》，三十多年中，我发表了五十多部中篇，它们的体量多是三五万字，但这部中篇有八九万字，成为我中篇里篇幅最长的。完稿后我改了两稿，试图压缩它，没有成功，我这样说并不是说它完美，而是说它的故事和气韵，该是这样的长度吧。这也使得我有机会，在人民文学出版社，在新的一年，能够奉献给亲爱的读者一册小

HOUNIAO
DE YONGGAN

书。我不知道《候鸟的勇敢》这条山间河流，自然冲积出的八九万字的小小滩地，其景其情能否吸引人，愿它接受读者的检验。

让我再一次回望夕阳吧，写作这部作品时，我夏天在群力外滩公园散步时，感觉夕阳那么遥远，可到了深秋，初稿完成，夕阳因为雄浑，显得无比大，有股逼视你的力量，仿佛离我很近的样子。这时我喜欢背对它行走，在凝结了霜雪的路上，有一团天火拂照，脊背不会特别凉。

2018年1月6日　哈尔滨

当他们抬白鹤入坑时，那十指流出的鲜血，滴到它们身上，白羽仿佛落了梅花，它们就带着这鲜艳的殓衣，归于尘土了。